# 品读家乡·围炉夜话

《品读家乡》编写组　编著

新华出版社｜半月谈

## 图书在版编目（CIP）数据

品读家乡：围炉夜话 / 品读家乡编写组编著. --

北京：新华出版社，2024.2

ISBN 978-7-5166-7327-0

Ⅰ.①品… Ⅱ.①品… Ⅲ.①散文集 - 中国 - 当代

Ⅳ.① I267

中国国家版本馆 CIP 数据核字〔2024〕第 053384 号

---

**品读家乡：围炉夜话**

编　著：《品读家乡》编写组

| | | | |
|---|---|---|---|
| 出 版 人：匡乐成 | | 出版统筹：许 新 | |
| 责任编辑：林郁郁 | | 封面设计：陈 淼 | |

出版发行：新华出版社

地　　址：北京石景山区京原路 8 号　　邮　　编：100040

网　　址：http://www.xinhuapub.com

经　　销：新华书店、新华出版社天猫旗舰店、京东旗舰店及各大网店

购书热线：010-63077122　　**中国新闻书店购书热线：** 010-63072012

照　　排：载道传媒

印　　刷：中闻集团福州印务有限公司

成品尺寸：120 mm × 185 mm　　1/32

印　　张：5.5　　　　　　字　　数：50 千字

版　　次：2024 年 2 月第一版　　印　　次：2024 年 2 月第一次印刷

书　　号：ISBN 978-7-5166-7327-0

定　　价：26.00 元

# 目录

# 围炉夜话

浦　东

冬天里的声音和颜色，都是有温度的。

如果独自走在冷风中的温度在零下，那么知己小酌的碰杯声则有20℃；如果夜市的人声鼎沸高于体温，那么一群好友相聚谈笑的温度，一定和沸腾的火锅一样，足够火热了。

一个暮色苍茫的冬天，屋外天寒地冻，屋内温暖如春。这个画面同样来自颜色和声音的勾勒。新酿的酒未滤清时，酒面会浮起酒渣，微绿的颜色细如蚁，则称为"绿蚁"。红泥炉里的火烧得正旺，有木炭燃尽裂开的声音；火苗温柔地舔着壶底，衬着夜的静，也衬着心的安稳。看看外面，快要落雪了呀，老朋友，要不要过来喝上一杯？这么直白、真诚的邀约，谁能拒绝？

——这是晚年隐居洛阳的白居易，邀请朋友刘十九冬夜围炉小酌的一幕。

或许是特意准备了新酿来招待朋友，也或许是风雪之夜忽然想起朋友间彻夜长谈的尽兴和愉悦……至于白居易为何邀约刘十九，我们不得而知。然而这些都不重要。其实真正打动我们的，是那种家常的氛围和暖意融融的人情味。

朴素的"火炉"，"新醅"的家常小酿，勾起了我对"围炉夜话"的记忆。那是在我还以柴火取暖的少年时代，从立冬开始，夜里家中就生起了炭炉子。一家人围炉而坐——父亲温着酒，母亲纳着鞋底，让年少的我感觉天地不过眼前一隅。

有时候，院子里的小黑狗"汪汪"叫起来，

提示我们有客人到了。我跑去开门，寒风扑来，但很快又被屋内的炉火驱退。桌子上多了几个盘子，盛着盐水花生、绿豆糕等一些小吃。来客并无要事，不过打发时间，聊些陈年旧事，讲几个乡村里的鬼怪故事。我忍不住好奇地听着，微小的火苗在炉壁上明暗闪烁，围坐的家人却给这暗夜罩了层厚实的安全感。

记得初三那年，跟我同村一个同学的父母，竟因病相继离世，一向快言快语的他变得沉默寡言。那年寒假近新年时，他说下个学期要辍学出去打工了。父亲对我说，你晚上喊他过来吃夜宵吧！于是，夜深时那个同学便带着一身寒气来了我家。暗夜中的炉火映着他的脸，全是消沉的颜色。

父亲将一口暖锅放在炉子上，食物在沸水里咕嘟着翻滚，起起落落。掀开锅盖的一刹那，食物的香气混着白汽蒸腾的湿热扑面而来，从舌尖到心尖都是欢喜。我邀请同学赶紧动筷子，本来瑟缩一团的他，心头一展，话匣子也打开了。我们聊起小时候的趣事，父亲也参与进来，讲他曾经中断的求学时光，遗憾现在已经弥补不上。父亲告诉我的同学，其实当年咬咬牙，一时的困难是可以克服的，只怪那时太年轻，短视了。

温暖的炉火哔剥作响，暖锅吃完，我们又将红薯、栗子、花生投进炉子的铁网罩上煨熟，还将新摘的橘子、鲜橙也扔进炉中，溢出满屋清甜的果香。那晚的围炉夜话，让我的同学改变了想法，春节过后，他和我一起走进了校园，此后再没提过离开，直到上完大学。

去年秋天，他给我打来电话问，回不回老家过年？他说，那年在我家的围炉夜话，以及那些细水长流的友情和乡情，他一直记得。这些年他努力打拼，积攒了一些家底，准备回乡建一个露营地，吸引城里的人们到乡下度假。他说："你过年回来的时候，我的露营地就已经建好了。现在年轻人流行的围炉煮茶，我的营地也会有。另外，我还打算在营地旁栽些梅树。"我懂他想要的意境："寒夜客来茶当酒，竹炉汤沸火初红。寻常一样窗前月，才有梅花便不同。"冬日里围炉煮茶，与老友话长夜，坐看月下梅花落，在明灭的火光里，将厚厚的寒气尽数蒸干，融入一盏热茶，岂不快哉？于是我笑着回应他："我不仅过年要回来，等退了休，也回乡下和你做伴！"

年老时，我们燃起火炉，温一壶酒，邀一个人：晚来天欲雪，能饮一杯无？如此想来，慢慢老去也并不是一件可怕的事。

# 穿村而过

唐大山

大棵是个闲不住的人，我在村东头遇到他时，他正在整理修下来的树枝。

父母给他起名时，就是希望小麦黄豆长大棵、高粱芝麻长大棵。五十五个年头过去，父母愿望实现，大棵由儿子变成爷爷。

大棵儿女双全。先说儿子，聪明过人，就是不好好学习。到了初三，他醒过神来，意识到出路只有两条，要么上学找个好工作，要么到南方收破烂修电器。他一发奋不得了，勉强考上高中，顺利考上重点本科，还谈个女同学。2015年，小两口辞去工作，在汕头开家科技公

6

司，生意非常好，很快就把沿海当作老家唐圩。

大棵的女儿初中毕业就走上社会。她在深圳一家小厂做工，收入不高，开销不小，工作强度大。就在她难以支撑下去时，认识一位来自东北的小伙，很快坠入爱河。俩人一商量，与其在南方苦干一辈子也买不到一套房，不如回沈阳发展。俩人结婚后，在沈阳租房做服装生意，仅用三年时间，便拥有新居。

大棵高兴，儿女没让他费事。他说，唐圩好，要是孩子都窝在家里，咋办？

我告别大棵，进村。主路两边都是两层楼的闲院，听不见鸡鸣见不到狗跳，整个村庄静悄悄。

我穿村而过，走到村西头，迎面碰到大树。

父母起名时，就是希望他长得像大树一样粗壮，不受人欺负。

我问大树过得怎么样，他嘿嘿笑着。

他说，父亲身材不高，胆小怕事，时常被

人捉弄，等自己长大了，就能为他报仇。长成人后，大树比父亲高得有限，确实比父亲粗壮。他想到报仇，懦弱的父亲有了远见，对他说，把两个娃带好就成。

大树的女儿从小懂事，知道学习，大学毕业后报考三支一扶，在邻镇做乡村振兴专干。两年后，她和镇政府的一位小伙子结婚成家，在村里被选为妇联主席，工作生活都是火辣辣地好。

大树的儿子根本不是块上学的料，个头一米八，让人怀疑这爷俩是不是亲父子。大树的妻说，好东西都给他吃了，就像养殖场的猪一样，吃了激素饲料猛长。

不管怎么说，儿子争气。他跟人在宁波先学装潢后钻研水电技术，还考个水电方面的资格证书。他头脑灵活做事诚信，接了一些单位的水电工程。不到三年，他摇身一变，成为老板，算与他庞大的身躯名实相符。一位来自阜阳的打工妹看中他，先结婚后买房，如今他们已成为宁波居民。

大树说，两个孩子要是留在家里，不会受欺负，也难有名堂。

我问大树，要是全村人想法都和你一样，唐圩不就完了吗？

干了四五十年农活的大树说出的话令我眼前一亮。他说，不用愁，国家有办法，就拿咱村来说吧，百分之九十的土地都流转了，种粮大户在家里发，闯出去的在外面发，里里外外一起发，全村农民乐开花。

# 童年的雪

### 李 成

　　生活在乡下的少年，对四季变化是比较敏感的。什么时候春到人间，柳绿了，花开了，燕子归来了，他总是最先感知到。同样，什么时候秋尽了，天上最后一批南飞的大雁都过境了，水面开始结冰了，天上下雪了，也逃不过乡村孩子的眼睛。乡村孩子就生活在大自然的怀抱。

　　我小时候也一样在四季变化的现场，第一时间感受到大自然的变化。比如深秋，哪天晚间要下霜，那么，从前一晚开始，身上总会感觉有点燥热；冬天，如果一连几天刮北风，天上又是彤云密布，有一夜忽然觉得有点暖和，那么很可能在一两天内就会下雪，这是老天在"捂雪"哩！果不其然，不一日，天上乌青的大理石一般的穹窿，仿佛忽然松动，就悠悠飘起了柳絮似的雪花，而且会越飞越密，越下越大，一场鹅毛大雪终于这么落定。

初雪时分，我们这些山村的孩童总感到格外兴奋。秋末或入冬之后，大地未见一滴雨水的滋润，早已板结如火成岩，空气是多么干燥啊！这会儿，在深远的乌青的天空上传来了福音，冬天那严肃的面孔"解冻"，竟从森严壁垒中飘出了雪花。雪一开始是那么小、那么轻柔，落在地上也无声无息并很快化去，但周围的空气竟然有了微微的改变，那种干燥感，那种脖子像被扼住了一般喘不过气的感觉，似乎从第一片雪花落下的顷刻就开始减缓，直到完全松快。我们这些孩子像是重新获得了生命，逃出了束缚，重获了自由，当然就要像出笼的小鸟，一个个从屋檐下飞出来，扑到空旷的场里聚集，两三个、三五个，很快有了七八个、十来个，个个欢天喜地，笑逐颜开。就像夏日冲进急雨中一样，一个个左冲右突，伸出小手，去捕捉那飞舞的雪花。那雪花起初还不多，还在跟我们捉迷藏，引得我们不断地跳起来，赶在雪花落地之前把它们捉到，却只在我们的手心里留下微微的一点沁凉，就消失不见了。我们继续飞奔、跳跃、捕捉，仿佛受到我们的感染，越来越多的雪花参与我们的游戏，那花瓣也变得越来越大。我们手舞足蹈，与雪花搅和在一起，最后还真是抵不住雪花的阵势，它们就像"风吹杨柳万千条"一样，变得密密麻麻起来。天色也渐渐转暗，雪下得越来越猛，无数的雪花狂涛一般奔来，我们只得撤离，把舞台留给雪花独自狂欢。

那一夜，我们都老实地守在家里，甚至瑟缩着尽量靠近灯火和火盆。其实，下雪的第一夜并不算很冷，偶尔从窗缝门隙里向外窥望，只见院落里、外面的村路上已一片雪白。雪还在一个劲儿地下着，它们无声无息，整个大地都万籁俱寂，静得令人害怕。我们不知这雪要下到什么时候止，心里有点惴惴不安，便带着这不安和对明天的期待，沉沉地坠入梦乡。

第二天醒来，一个明显的感觉就是室内的光亮增强，但周遭无疑变得十分清寒。我们简直忘记了昨天下晚与雪同欢的事，视线被皑皑白雪侵占和覆盖。那种不可思议的白，让人惊讶，也让人欢喜。我急忙打开门，走到门前的雪地，踩着积雪，走上村道，望着周围的一切都成了一个冰雪世界，顿时有了在雪原上纵横驰骋的欲望，便再一次呼朋引伴，在雪地上追逐起来，不可避免要打一场雪仗，雪粉与笑声一起飞扬。接着，也会玩课本上鲁迅先生写到的堆雪人、捉鸟游戏。堆雪人不用多说，捉鸟也是在场院里扫出一块地方，支上一个筛子，系一根线，洒下稻谷，引诱麻雀来觅食，眼见着麻雀进去了，可是一拉线，那筛子扣下来，我们跑去一看，却发现什么也没有罩住。

雪后风定，天空也变得晴朗。早饭后，一轮火红的太阳从东方的田野里升起，赤色的光焰凌空辐射，映照着雪野一片晶亮，沿着地平线也腾起了一圈红红的霞光，有的树木也仿佛成为火焰树，熊熊的火焰在燃烧，这样的情景真是美极了。而田野里和丘岗上又传来一阵阵喧闹声，仔细一听，才知道有邻村的几位青年猎手，趁着雪天放出了猎狗，正在雪岭上追逐野兔及其他猎物。他们在稀疏的树林里奔跑，撵得兔子在沟壑中惶急地逃窜。我们也被吸引过去看，但最多也只是参与追赶，和他们一道呐喊，可没有本领真的能抓一只兔子。

接下去，如果天一直放晴，白天，屋顶上的积雪在阳光的照射下便会融化，屋檐开始滴滴答答地下起"雨"来，把屋子周围印出一个圈；而夜晚，这融雪又结成冰，于是屋檐下便挂起了冰凌，长长的，尖尖的，阳光照上去，晶莹闪烁，折射出七彩光芒。我们自然兴奋地把它敲打下来，或当作冰棍一样含在嘴里，或偷偷塞进同伴的颈项，冰得大呼小叫，那才真叫乐哩！

当然，也未必都是赏心乐事。家境贫寒的小伙伴见到下雪，大约总是要发愁的，因为他们身上衣裤单薄，甚至连棉鞋都没有。教室的窗户大多没有玻璃，当北风卷着雪花冲进教室，我们在雪花飘飘中翻开课本，听讲或朗读，这大约也是那个年代的独特风景吧。如果赶上放寒假那天下雪，一颗颗雪霰撒在路面上，踩上去有些滑溜，我们索性把准备带回家的板凳倒放，将它们变成一块块滑板，坐上去，用脚蹬着滑行，如果逢到下坡，一滑多远，或几个板凳碰在一起，大家跌成一团，哈哈大笑，什么寒冷、忧愁都在这童真的笑声中烟消云散……

# 我说的回家，指的是那个从小长大的家

衡玉坤

"我回去了啊。"自从结婚以后，每次离开父母家，回自己的家，告别时他都不说"回家"，而是"回去"。他在这个家生长、生活了28年，回到这里，回到父母的身边，就是回家。有了另一个属于自己的小家，他既欣喜又有点莫名的忧伤。因为从那以后，跟外人说起"回家"时，便是指自己的小家，而不再是从小长大的这个家了。

但在父母面前，他从不说"回家"，只说"我回去了"。虽然他明知道，父母的家已升级成"老家"了，而那个新组建的小家才是自己真正意义上的家。他改不了口，也不想改口。妻子也一样，还是把父母家当成她的家。比如她说"我回一趟家"，他就知道，她要回的其实是她的娘家。

有了儿子后，他们一家三口其乐融融。儿子小的时候，周末，他带儿子去看望自己的父母，跟儿子说："走，我们回家。"儿子稚嫩的小脸一脸迷惑，"爸爸，我们不是在家里吗？"儿子的话，让他恍过神来，嘿嘿一乐，"我是说，带你回爷爷奶奶家。"爷爷奶奶比爸爸妈妈更疼他，总是给他准备很多好吃的好玩的，儿子特别愿意去。到了下次，再带儿子去看望父母，他还是习惯性地说，"儿子，我们回家去。"儿子不再迷惑了，他已经明白，此时爸爸说的"回家"，是去爷爷奶奶的家。

在父母家吃一顿饭，或者待上一整天，离开的时候，儿子有两种态度：有时候是迫不及待地离开，"回家喽，回家喽！"兴奋得直嚷嚷。

爷爷奶奶乐呵呵地看着他，"瞧这个小东西，爷爷奶奶家不好吗？"语气里有些落寞。也有时候，儿子哭着嚷着不肯走："不回家，就不回家！"奶奶赶紧拉着孙子的小手，对他和妻子说，"要不你俩先回去，明天再来接他？"语气里带着恳求。

儿子年龄渐长，学业开始紧张，很少有时间再与他们一起去看望爷爷奶奶了。妻子工作之余，也要抽空去她的父母家看看，平时就他一个人去探望父母了。每次回到父母家，他尽量把家里的力气活都做了，需要爬高上低的事情也都一把撸了。父母年岁大了，尽可能不留隐患。有一次，父母家客厅里的一个灯泡坏了，他的老父亲在桌子上架了把椅子换灯泡，差点儿摔下来。他赶紧叮嘱父母，这么危险的事千万别做了，可以找个师傅，或者等他回来做。有时候，父母身体不舒服，他也会陪伴他们住一两晚。打电话跟妻子说，"我晚上就住家里了，不回去了啊。"可躺在床上的他辗转难眠，小时候搬进这个家时的情景还历历在目。似乎只是一眨眼，自己已人到中年，父母也在不可遏止地老去。

有一次，他和妻子拌了嘴，生气地离开了家。结婚这么多年，他还是第一次摔门而出。出了小区，恰好有辆公交车过来，他也不管是几路就跳了上去，晃晃悠悠到了终点站。下车一看，竟然到了父母家附近。他走到楼下，抬头看看，家里的灯关了，父母应该都睡了。他悄悄地上楼，用钥匙打开了门，蹑手蹑脚地走进了自己的房间，没有惊动父母。和衣躺下，想了想，他还是给妻子发了条信息："我回家了。"又细想想，觉得哪里不对，又补发了一条："我在父母家。"

儿子高三那年，他和妻子都忙得脚不沾地，很少有时间去看望父母。高考成绩出来，他第一时间拨通了父母家的座机，电话刚响一声就接通了——老两口一定是守在电话机旁的。那一晚，他的家，还有十几公里外的父母家，都是灯火通明。幸福的灯光，将一大家子人的脸，都照得又红又亮。

儿子上大学后，有一次打电话问他"在哪儿呢"？他告诉儿子"在家里"。儿子闻声顿了一下，问，"在我们家，还是爷爷奶奶家？"那天，他还真是在父母家。儿子说，"那正好，你把手机给奶奶，我跟她讲讲话。"于是，他将手机递给了老母亲。听着他们祖孙的通话，他的眼睛忽然有点湿湿的。

46岁那年，他的父亲去世；62岁那年，母亲也去世了。那个他从小长大的家，空了。他将父母遗留下来的房子卖了，拿去给儿子还了房贷——儿子在几百公里外的省城工作，结了婚，买了新房子。他失去了一个家，也多了一个家，儿子的家。

一天，他正在街心公园跟几个老伙伴打牌，

手机忽然响了，是儿子打来的。儿子问："爸，我回家了，你在哪儿呢？"他赶紧放下牌，一路小跑着回家。看到儿子站在家门口，他问，"你咋不自己开门进家？"儿子说，"我出差路过，没带钥匙。"他开了门，忙给妻子打电话，"快回来，儿子回家了！"

儿子在家住了一晚，第二天一早，拉起行李箱要走时，对他和妻子说："爸，妈，我回去了。"

他清晰地听到，儿子说了"回去"。多么熟悉的一个词啊！他感觉有什么东西往眼眶涌。儿子出了门，回头说，"就快放暑假了，我们带着孩子一起回家来住几天啊。"

"好，好！"他和妻子站在阳台上，看着儿子的背影。走出小区大门的时候，儿子转回头，朝他们挥了挥手。儿子一定看到了，自己家的阳台就像一个屋檐，而屋檐之下，是自己最爱的、正一日日老去的父母。

# 人到中年，只能在回忆中"走亲戚"

### 徐九宁

儿时，每年正月初一一大早，我的几个表哥都会来到我家，请我爸、我大伯还有几个堂叔，去他们家里吃饭。

娘亲舅大，大伯和我爸是几个表哥的亲舅舅，出于尊重，他们要上门来请，请得越早就越显诚意。所以我们常常还未起床，表哥们就来了，进屋等着我们吃完早饭后跟他们过去。

小孩子也可以跟着一同去，主要是去给那边的长辈拜拜年，图个热闹。这是我们的年俗，乡人称之为"走亲戚"。

走亲戚可不只是个说法，而是真要一步步

走的。那时乡下没有公路，更没有汽车，出门全靠步行。到我姑姑家，大约需要走一个多小时的路。

小孩子都不爱走远路，但正月里走亲戚除外。因为一路上都是喜气洋洋，来来往往的都是走亲戚的人们。经过的村庄也在时不时燃放着鞭炮，"噼里啪啦"响个不停，把节日的气氛烘托得相当浓郁。更重要的是，到达后不仅有好吃的好玩的，还会有红包拿。因此，我们的心情都异常美妙，主动拎着送给姑姑的年礼，一点都不觉得沉重。

到了姑姑家，我们一行人受到了隆重的迎候——姑父在门前燃起鞭炮欢迎我们的到来。进屋入座，表哥表姐们便开始忙着摆卤鸡蛋、饼干、酥糖、瓜子、花生米等吃食，再为每人沏上一杯热茶。卤鸡蛋是必须要吃的，每人一个，其他小食随意。姑姑疼我这个不常来的侄儿，总会让我多吃一个卤鸡蛋，说是"双元宝"；

并把花生、瓜子、酥糖使劲朝我口袋里塞，生怕我吃不到。

吃过卤鸡蛋后，大人们便在一起聊天，说着一年来各种各样的事儿；有时他们也会打打牌，等待午餐。中午的饭菜是由晚辈的表哥表姐们准备的，鸡鸭鱼肉俱全，是一年之中最丰盛的一顿了。

乡下的冬日气温低，屋里特别冷，往往吃着吃着菜就凉了，所以午餐必不可少的当属火锅，它通常被放在桌子中央，菜凉后还可以加热。火锅还起到了烘托节日气氛的作用——一桌子有着血缘关系、打断骨头连着筋的亲戚，在热气腾腾的火锅旁边，喝着酒、聊着天、说着祝福彼此的话，笑意盈盈、情意绵绵，一年之中难有的其乐融融的相聚。

而相聚终是短暂的，有时吃过中饭我们即返回，也有时会在姑姑家吃过晚饭后再回去，无论哪种情况我都会依依不舍。但再留恋也得回去，因为第二天我也必须去我的舅舅家，请他们来我家走亲戚。家里的亲戚多，这样循环往复着，一直要等到我家再没有人来时，才能去请姑姑来，那已经是正月七八的事了。

如今，大伯、姑姑他们已经永远地离开了我们，表哥们也都老了。已是人到中年的我早已远离了故乡，春节时只能在回忆中"走亲戚"了。但每每忆起，依然如同昨日，心中会有很多感慨和感动。

往事并不如烟，它一直伴我温暖前行。

# 故乡遥隔如童年

郭宗忠

和来到园子的朋友谈起故乡，那是在颐和园西墙外金河湾边上的园子里。我们在河边的柳树下品茶，金河水清澈而缓慢地流着，谈起故乡并沉浸在故乡的回忆中的时候，仿佛坐在了故乡的汶河边。我知道，这在异乡里的"故乡"感觉，永远是在自欺欺人，然而，你正是带着对故乡的深情在异乡行走，才把每一处异乡都当成了故乡。

三四十年前的故乡陈汶西村，在这春暖花开的季节，汶河岸边的苇子湾里，芦苇一夜之间冒出了一地尖尖的苇芽，不穿鞋子是不敢走在芦苇地里的。我们去河边树林或者沙滩上割草或者玩耍时，经过苇子湾，就会拔出芦苇的牙尖，做成一支苇笛，吹起来，笛音里带着芦苇的清香和春天的气息。

那苇子湾里，还有几十棵粗大的百年老柳树，满树的柳芽翠绿，拧下垂下的柳条，一个柳笛也做成了柳笛与苇笛，对于乡村的孩子们来说，我敢说没有哪个孩子没有吹过。大哥哥会做好许多支苇笛柳笛，给跟在屁股后面跑来跑去的小弟弟小妹妹。他们望着哥哥拧柳条，试吹柳笛时的神情，小嘴唇也翘着学着哥哥的样子吹动。每一个伙伴都拿到了一支柳笛或者苇笛，伙伴们吹起来，呜哇呜哇一片笛声，让那些枝头的鸟儿也起劲地应和，加入这童年的音乐和鸣中。

而树林和沙滩上杨树新生的树叶鹅黄，它们和柳芽的翠绿呼应，你会感到春光是鲜嫩的，流动的，起伏的，交融的，它们彼此呼应，青涩的叶香，还有艾蒿的清香，也把空气浸染得香醇和斑斓多姿。它们如此珍贵，触碰一下，你都怕会让春光受到伤害，孩子们眼睛里这样的春天景象，正是他们澄澈明净的心灵的反照，对大地上萌生的一切，孩子们都带着仿佛是自己萌芽的新奇。

我曾经割草的下午，还停在树林里等着我吗？午后，阳光低垂，却感觉太阳永远也不会落下去，每天的时日无休无止，漫无尽头。好像一个个白天都是连在一起的。孩子们疯玩了一天，也许在母亲的唤归声里回家，饭还没有扒拉上几口，嘴巴刚刚还在咀嚼，睡意突然袭来，一歪头，就已经睡倒在了奶奶的怀里。然后，父亲用有力的大手托起孩子放在土炕上，这孩子会一觉睡到了翌日的天色大亮。醒来，还以为是在昨天坐在饭桌前吃饭打了一个盹而已。

故乡岁月悠悠，故乡难忘的是那些黑牛黄

牛，和牲口棚里的老人以及赶车手们，虽然沉默寡言，却是一个个村庄的守护神。再急迫的事，都有了老牛始终一步一个节拍的不紧不慢，拖着牛车在乡村的土路上仿若漫步，它们却承担着最重的重任。即使是拉着满车的沙子，绳套勒进了牛的肩胛骨，而老牛举重若轻，你永远看不到牛在路上畏缩，你也不会听到牛的叹息，内心的强大，让牛车的木车轮毫不迟疑地碾压过泥泞之处。那些岁月的辙印，只要有过乡村生活经历的人，在人生的道路上遇到再大的坎坷，也会像牛每天面对的辙印一样，永远不会退缩，而是一如既往地蹚过生活的一道道难关。

你看着，即使是牛车空车返回，老牛也不会健步如飞，它们依然慢悠悠地走着坚实踏实的步子，不失牛作为牛的泰然自若。它们没有对岁月的畏惧与感叹，没有对往事的沉湎。劳动一天后，它们狼吞虎咽吞下干草，然后，在夜里休息时再反刍，将干草重新倒嚼，感受食物的甜美。也许，这就是它们对生活的回味，哪里有工夫把沟沟坎坎记挂在心上？

我会想起奶奶，每天坐在纺车前，白花花的棉花纺成了线。一个冬天棉线一样绵长的夜晚，煤油灯下，那摇动纺车的均匀的节奏，伴着我们入眠。春忙之后，走街串巷的织布机停靠在大婶子家的屋后面，大婶家屋后的一棵杏树开着花，织布的人拉开战线，一家一户开始排队，哐当哐当地织布声，乡村也跟着热闹了起来。孩子们看那来来回回穿梭的织布梭子，那些棉线就开始随着织布人脚踏的力气带动着，随着梭子穿来穿去，棉布就织出来了。

奶奶纺的线细而均匀，因而，我们家的棉线织出来的布也是最细密平整的。奶奶踮着脚，兴奋地抚摸织着的细密棉布，一个个不眠的寒冷冬夜，都化成了这有着希望的布匹。这些布再经过染布师傅的浸染，棉布就完成了整个的工序。这棉布稀少而珍贵，一年里不是每个孩子都能做一件单衣或者棉衣的；家里几床棉被，背面是印花的，都盖了几年或者十几年，而印染时的那些青蓝的硬疙瘩的印花还在布面上，成为那个年代的象征。

织布机在春天的乡村里响着，从前街到了后街，从陈姓家庙西的井胡同到了尹姓家庙前。这时候抱窝的老母鸡领出了第一窝雏鸡崽，它们跟着鸡妈妈在大街上的墙角里走动着，寻找着小虫小草，绒球一样，煞是可爱。孩子们在家庙前石碾边的柳树下，玩着老鹰叼小鸡的游戏。房后的家槐树也长出了新叶。

几乎同时，打铁的也来了，在槐树下支起了炉灶，叮叮当当，打造农具，或者打一些菜刀剪刀之类。加上卖豆腐敲响的"梆–梆梆"的木头梆子，小货郎摇响的扑棱鼓子，小商贩的吆喝声，鸡鸣狗吠，孩子们的大叫与欢笑，让整个乡村复活了……我在金河湾边这样和朋友讲着，讲着，沉浸其中的故乡，如今只是遥远的往事。那里，好像已经遥不可及。故乡只在了梦里，和我的童年一起一去不归。

# 岁朝心愿

陈全忠

农历正月初一，古人又称岁朝。一岁之始，万象更新。

小时候，这一天父母都起得很早，尽管除夕夜他们守岁到了零点的钟声响过，此刻脸上也毫无倦容。他们催着我快快起床："新岁第一天要勤勉早起，这一年才不会辜负！"等我起来穿上了新衣服，看到昨夜里满是爆竹碎屑的庭院，早已经被母亲打扫得干干净净；春联和年画，也在除夕之前妥妥地贴好。父亲带着我挨家挨户去拜年，并且叮嘱我正月初一该守的规矩：不说脏话、坏话，不乱花钱。这一天的美好人设，就像春联上的祝福语一样，在一年年的岁月中给我打下了深刻的烙印。

后来我带着儿子回老家过年，也把这些规矩讲给他听。那时他还小，似懂非懂，一个劲地问：为什么呀？我说：人们之所以在这一天立下美好的心愿，送出美好的祝福，就是希望新的一年里心想事成。

想起曾经带着儿子去博物馆和美术馆看过的古画，里面有很多岁朝图，内容多是冬天不易看到的花卉和果蔬，有的还配以贺岁诗词，通过图中物品的名称谐音，或者民俗寓意以及历史掌故，来表达美好的新年祝福。这样看来，古人和今人的心意是相通的，连天子都不能免俗。

比如明代第八位皇帝宪宗朱见深，在明成化十七年的岁首，因内地灾情不断、边防威胁迭起，35岁的朱见深就创作过一幅《岁朝佳兆图》来祈福。画中钟馗面似锅底，须髯如虬，圆睁的双目紧盯前方；右手持如意，左手扶于小鬼的肩头；尽管面目狰狞，但神情威武，气势凛然。但见他身旁的小鬼双手高举托盘，盘内则放置柏枝和柿子，寓意"百事如意"；画面左上方有飞舞的蝙蝠，可为"福来"和"福从天降"之佳兆。右上方是朱见深的"柏柿如意"诗："一脉春回暖气随，风云万里值明时。画图今日来佳兆，如意年年百事宜。"

乾隆更是喜欢在每年春节亲自绘岁朝图，并在画中题诗，还给这些诗起了一个别致的名字——"春帖子"。他画中最常见的东西有百合、柿子、如意，寓意"百事如意"；有冰裂纹花瓶，寓意"岁岁平安"；有水仙和灵芝，寓意"长寿吉祥"。

"画角声中旧岁除，新年喜气满屠苏。阳和忽转冰霜后，元气更如天地初。晚色催诗归草梦，春光随笔上桃符。闭门贺客相过少，静对梅花自看书。"看到儿子的寒假作业中刚好有真山明这首《岁朝》，我便与他讲起了诗人在这天里的心境。

真山明是宋末的一位隐士。岁朝这天，新年的气氛正浓，虽然是在战争的号角声中度过的除夕，但喜气到来，过年的屠苏酒也摆上了桌。因为春天来临，冰霜已渐消融，天地焕然一新——明媚的阳光照在门首的桃符上，也照进有着青草池塘的梦里。诗人不喜串门的热闹，而是闭门读书，乐得清静。案头上的插花、盆景，弥漫着盎然的春意，也寄托着诗人对新春的憧憬。他的心情是喜悦的。

这几年，因为疫情的原因而没能回老家过年，但我记得父亲留下来的岁朝仪式。有了"闭门贺客相过少，静对梅花自看书"的闲适，我还会在记忆依然鲜活之时，盘点自己读过的书、见过的有趣之人，以及值得感恩的事。然后，列出一些新的计划，比如制造一次难忘的旅行——即便就在附近带着家人重温一段美好时光……

　　岁朝日所表达的，都是对美好生活的向往：你期待的美好，都归于心上；你爱的人，都喜乐如常。

# 父亲的财富

薛文献

在我书柜的显眼位置，摆放着一批特殊的书，主要的有《红岩》《野火春风斗古城》《山乡巨变》《林海雪原》《新儿女英雄传》等。每本书都包着皮，上面有父亲的小楷署名、购买时间等。

这些书，出版年代久远，开本大小不等，厚薄款式各异，大多是深褐色的纸张，有些还是繁体字。尽管过去了半个多世纪，但书的边角内页都很平顺、完整。

这些书，是十几年前父亲亲手交给我的，曾陪伴我们兄弟姊妹度过学生时代，承载着我几十年的记忆。

大约在我读小学三年级的时候，有一天，父亲突然拉起我的手，郑重其事地把我领到空窑里的一个黑色大木箱前，打开锁，从里面左翻右找，取出一本厚厚的书递给我。

封面上，铁桥飞架，一列载着坦克的火车飞驶而来，空中有一架飞机冒着黑烟，向地面坠落。我轻轻地读出了书名——《激战无名川》。

我如饥似渴地把这本书看完后，父亲问我："里面的字能认识吗？看懂了没有？"我说："大多能认识，不认识的查了字典。"父亲又问："看到些甚？"我回答说："志愿军很勇敢，无名川大桥很重要，打不跑美国佬，咱们就没有好日子。"一贯严肃的他露出了笑脸："很不错！不懂的还可以问我和你哥、你姐，别不懂装懂。"

以后，父亲一次次开锁，一次次给我换没读过的书。那个黑色的木头箱子，成了我学生时期的"图书馆"。

父亲还教了我不少读书的方法，诸如"不动笔墨不读书"，"把一些好的字词句抄在笔记本上，尽可能记在脑子里"，"读书不能只图快，要过一下脑子"等。

即使是再贫瘠的地方，有了书，文化就能扎下根。

父亲曾给我讲他学文化的事。1934年出生的他，16岁时才读初小一年级，为了赶时间，他要在学好本年级课程的同时再自学高年级的，几乎连年跳级，只用了三年就学完了小学课程。

初中毕业后，父亲考入太原师范，毕业后回家乡当了一名老师。

从我记事起，父亲的生活中就没离过书。白天再忙再累，晚上睡觉前一定要在煤油灯下读上一会儿书。凡他读过的书，上面密密麻麻地留着各种印记，有圆圈、有横线、有批注……

长我 11 岁的哥哥记得，父亲早年每月工资是三十多元，除了必要的开支，几乎都买了书。1964 年父亲退职回家时，主要行李就是书：一头毛驴驮着两个用"目"字形大木架夹着的两摞书，绑得结结实实。

多年后我弄清楚了，父亲的藏书中，有《三字经》《百家姓》《千字文》《名贤集》及一些"五言杂字""七言杂字"等蒙学读物，有民国时期祖父读私塾的课本，有父亲上学期间的所有课本，有书法碑帖，有早期的连环画等。其中最有价值的，是一套石印线装的《康熙字典》。

父亲曾说，他工作期间调换过八九个地方，一本书也没丢过。

我上学后，父亲发现我用过的课本卷角了，马上拿过去，先用右手食指指甲把卷着的书角一个个抠起来捋平，再用拇指指甲从背面划出一条垂直的折痕，最后是把一沓捋平的书角用夹子夹起来，免得短时间再卷回去。那以后，我的书角只要卷了，就自己弄平展。

等我再大一点，父亲就教我包书了。新课本一发下来，他就找张牛皮纸，裁成比书大一点的长方形，比照书的各边将出折痕，用剪刀剪四下，几番折叠，就能给书包上一个结实的皮。上初中后，我都在第一时间给新课本包上皮，什么时候翻开，书都像新的一样。

那个年代，我们在读书的同时，还要经常劳动。每年春季，父亲都要早早地带着全家人往庄稼地里送一趟农家肥，然后再赶到8里外的学校去教书，我们则到各自的学校去上课。

陡峭的山坡上，父亲和哥哥各挑着满满两箩筐肥料走在前面，母亲、姐姐和我背着大小不等的布袋跟在后面，蜿蜒的小路上，一家人排成一列队伍，早晨的太阳照过来，也不失为一道风景。

父亲做农活有很多小窍门。夏天锄地时，他手把手教我怎样提高效率，在锄头一伸、一

拉之间，既把草锄死，又把松土培到庄稼苗的
两边；秋天收割糜、谷时，他教我怎样握镰刀
既省劲，又避免割伤自己……

做一个好庄户人，需要很多本事。父亲会
扎扫帚、编箩筐，会垒墙起圈、打水泥地，甚
至还会捻毛线、织手套和袜子等。我们姊妹几
个，多少也学了一些。

在艰苦的年月，我家念书的多，劳力少，
日子很不宽裕。父亲先是在村里劳动挣工分，
后来当民办教师挣工资，但钱始终不够用，不
过他培养子女的决心没有变："只要你们能读下
去，砸锅卖铁也供。"

差不多每年夏天，父亲都要把家里的糜米、
小米拉到附近的粮站卖掉，再用低价购回玉米
补缺，为的是赚出我们念书的钱。

在老家，多数父母希望孩子能留在身边，
老年有个照顾，但父亲一直鼓励我们走出去，
甚至开玩笑说："只要你们有本事，想到哪就

到哪，就是去月球上，我也不干涉。但有一条，不能违法乱纪，不能干昧良心的事。"

父亲的五个子女，没有让他失望。父亲留下的好传统，也延续到了十个孙辈身上：清一色都是大学生，其中四个还读到硕士研究生。

父亲在两年多前走了。他曾说："我这辈子没甚本事，除过三眼石窑，也没给你们攒下些甚。"

我们心里清楚，父亲留给我们的，是如此的厚重——他视若珍宝的那些书、他耕读传家的人生实践……

这财富，我们一生也享用不尽。

# 母亲的世界

**陈修平**

端午节前，为了一家人节日团聚，我和哥哥从老家把母亲接到了城里。

端午节刚过，在城里仅仅待了七八天的母亲就坚持要返回乡下，语气非常坚决，没有任何商量的余地："你们不开车送我，我就自己坐车回去！"

我和哥哥、姐姐你看着我，我看着你，不知说啥才好。

见我们左右为难，母亲又放缓语气说："接我来城里时，咱们说好了的，过完节我就回去，你们当时也答应得好好的，现在却要留我……"

老家在一个较为偏僻的小山村，离我们生活的城市相距上百公里。虽然村里前两年修通了水泥路，但进出还是不便，从城里坐车只能途经集镇，从集镇到村里还有四五里路要走，平时几乎没人进村去卖鱼卖肉。一旦生病，连上个医院都很麻烦。跟母亲说过不知多少回，如今我们儿女几个在同一城市定居下来，老人家独自在乡下生活，我们很不放心。在城里和我们生活，比在乡下一人过应该要好些。我们既担心老人家的身体和安全，又担心她一人在山村生活营养跟不上。为方便小孩读书，我和哥哥、姐姐买的房子均位于同一所中学附近，三家距离相隔均在千米之内。母亲来了，在我们想来其实很方便，随便在哪家吃住，可以轮流，也可任意，全凭她老人家的心情……

　　然而，母亲来城后，每天念叨的依然是临走时托邻居照料的几只小鸡，惦记着菜园里牵藤挂果的蔬菜；并固执地每天念叨一过完端午节就回去，说在城里她虽不要做啥事，但总感觉很不习惯很不舒服很不自在。说这些话时，母亲一脸愁容，我看得出来，她说的全是真心话。但我一直弄不明白，吃的、用的，儿女们都给她备好了，生活条件也比乡下好多了，她老人家究竟为啥还会不习惯不舒服不自在呢？

父亲去世后，母亲已独自在乡下生活了十多年。刚开始，我和哥哥、姐姐分散在不同的地方谋生，工作、生活还不稳定，没法把母亲接到身边。母亲是个硬气的人，从没在生活方面向我们提过任何要求。我们每年过年时给她生活费，她从没说过少了。近年来，大家手头宽裕了些，想多给点生活费，她却坚持不要，说已经够了。我知道，她是想尽量给儿女们节省一点。没想到的是，如今我们终于聚到同一个城市，且基本稳定下来，想让母亲来到身边，母亲却并不乐意。

记忆之中，我们做儿女的到城里已经多年，

母亲来城里的次数却屈指可数，一般都是重要节日或小孩生日时来一下，且在城里逗留的时间一次比一次短。母亲年逾八旬，目前虽然只有一些腰酸背疼之类的老年病，但我们实在不想让她一个人在乡下生活。俗话说，子欲养而亲不待，如果我们不趁早尽孝，以后就只有无用的长长的懊悔！正是基于这种心理，我们希望母亲能留在城里和我们一起生活，所以在端午节前接她来城里时，先口头答应她节后送她回去，心想来城里后再慢慢做思想工作，也许她会答应留下。可是，端午节刚过，无论我们怎么劝，她还是执意返乡……

僵持两三天之后，最终我们拗不过母亲，只好送她返乡，免得她在城里"水土不服"，打不起精神，提不起兴致。

回老家的路上，母亲又反复念叨着：出来10天了，不知小鸡死了没？地里的辣椒肯定烂了，黄瓜老了吧？今年还种了西瓜，暑假让小孩回家吃……那份归家的急切心情，洋溢在言语和眉宇之间。

进了村口，看着车窗外田地里的庄稼，母亲的眼睛似乎都亮了，脸上的阴云明显舒展开了，好像这些绿油油的植物就是亮在她心头的阳光、蓝天和白云。

车子停在老家屋前一棵百年古樟树下，母亲愉快地走下车来。童年的记忆中，古樟树下一直是村里人夏季纳凉的场所。如今，村里人大多外出打工或带着小孩上集镇、县城读书去了，古樟树下已无从前的热闹，但依然是村里重要而特殊的风景，因为这里储存了人们太多太多的回忆。留守村里的几位老人远远看到车子进村，早就三三两两围了过来。母亲同他们打着招呼，自自然然，轻轻松松，就像蓝天白云一样随意，好像他们就是属于这个村子的，早已与这方土地融为一体。古樟树撑起的巨大树冠，形成一片浓浓的绿荫，一缕缕阳光透过叶缝照射下来，映在他们脸上，生动而祥和！

母亲与乡亲们交谈的惬意，与在城里时简直判若两人。我忽然明白，这个村子就是母亲的世界，母亲就像这棵充满沧桑而又绿意葱茏的古樟树，深深扎根于这个她生活一辈子的小山村，曾经年累月奋力撑起一片绿荫，为儿女们遮风挡雨。这里，有她经历的阳光和风雨，有她洒下的汗水和泪滴；这里，有她相处很久的乡亲，他们之间可以很随意地聚在一起用乡音拉着家常，可以在相邻的田地里一边劳作一边闲聊。不像在城里，我们做儿女的白天都要出去工作，她只能一人在房间里与电视为伴；偶尔到附近公园走走，晃来晃去的也尽是陌生的面孔……她是属于这方土地的，年岁越老，越不能挪动，否则就活得不精神、不自在。犹如那些从乡下被移植到城里充当风景的大樟树，虽然树干粗大，却枝疏叶稀，怎么也长不出原来那般生机蓬勃的模样。

虽然留守在山村老家，但我知道，母亲会时常伫立在古樟树下，默默怀想着先她而去的父亲，殷殷守望着远在外地的儿女……

# 我的农民朋友

**吕 斌**

每次从城里回到赤峰市阿鲁科尔沁旗的家乡，我都要到一个农民家里去看看，他叫李福，是我的朋友。

我们的友谊要追溯到 1976 年的冬天，那时我刚高中毕业，未过门的嫂子来到我们家，按习俗，婆家小叔子得住到别人家去。所以，当晚我抱着行李，到了前院的李福家——他是单身，适合我借宿。

李福的屋子特别冷，我把行李放在炕上，看到他抱着膀子抄着手在地上来回走动。屋子北墙上挂着霜，四个墙角都有缝隙，风从缝隙里直吹进来，冷得可真够受的。

坐在炕上的我，不一会儿就被冻得浑身发抖。我一眼一眼地看着屋里那只铁炉子。李福看出了我的意思，赶紧说生炉子太费粪，烧不起，他一冬天都不生炉子。原来，他不但粮食不够吃，柴也不足烧。没钱买煤，一整个冬天他都是上山捡牛马粪晒干了生炉子取暖。

见我哆哆嗦嗦实在挺不住，他到院子里端来一簸箕牛马粪，点着了炉子。炉膛里烈火熊熊，声音跟汽车一样叫着，屋子立刻暖和起来。

牛马粪燃得烈也燃得快，不大一会儿，一簸箕粪就烧光了。他舍不得再烧，屋子又恢复了寒冷，甚至比没生炉子前更冷。我穿着衣裳钻进了被窝，蜷起身子。

李福关了灯，黑暗中，我听见他脱了衣裳。可他并没有钻进被窝，而是蹲在炕边上抽起了自卷的旱烟。在微弱烟火下，我看见他一丝不挂，全身光溜溜地瑟缩着，冻得上下牙齿磕碰着发出"咯咯咯"的声音。

我吃惊地问他，这么冷咋不钻进被窝呢？他说，被窝里太凉，等冻透了再钻进去才会感到暖和。

我呆若木鸡。

只见他抽完一支烟，嘴里"咝哈"着，哆哆嗦嗦钻进被窝，说"真暖和呀"，那样子满足得不行。这件事给我留下了极深的印象，他的顽强，着实令我叹服。

1977年恢复高考，我考上学离开了农村。后来每次回家乡，我都会到他家去看看他。

前几年有个冬天回村，我看到他原来住的土房已经废弃，盖上了两间水泥平房。进了屋子，生着铁炉子，很暖和。我惊奇地问他，这铁炉子一个冬天要烧好多牛马粪，你烧得起吗？他告诉我，因为是五保户，镇政府供应给他煤，可劲烧，屋子一点不冷。"好些年我都不捡粪了。"他一脸的幸福。

前年秋天我回村时，站在村街上，看见他正在窗户下筛晾晒的玉米。我走进他的院子里，他抬头看见我，笑了。

我问他筛玉米是要吃的吗？他说现在农村人哪有吃玉米的，牲畜都不愿意吃。是卖出去，市场上玉米的价格已经涨到每斤1.2元了。

说着话我们进了屋。他让我炕上坐，我挑着炕边一块灰尘少点的地方坐上去。问他，天天都在忙什么？还种地吗？他眉飞色舞地说，不种地了，我的地都包出去了。

那你吃什么？怎么生活呢？

他笑逐颜开：国家每个月给我开工资，包种我地的人也要给钱，我吃饭穿衣买生活用品都花不完这些钱，存折上都存好几万元了。

他说，农闲时村里人到他家里打扑克，他不玩，就喜欢看一大屋子人挤在他屋子里叫嚷的乐呵劲儿。他还说："这和你考学前的那些年村子里的大俱乐部搞活动一样，多好啊！"

外屋地上垛着十几个空塑料桶，他说是酒桶，几乎每顿饭都喝点酒。"有的是钱，想吃什么就买什么，想喝酒就去村小卖部打。这日子，和神仙差不多。"

去年冬天，我再次走进他的砖房，见他屋子里的四壁刷了白漆，地上铺了瓷砖，干净整洁。他说，这是国家倡导建设新农村，不落下一个人。

奇怪的是，屋子里特别暖和，却并没看见火炉子在哪儿。他说，"我装空调了。"

我环顾四周，发现了他新装的空调机。这实在超出了我的想象，即便城里，也不是每户人家都安装空调啊，这家伙真是过上了神仙日子。

他对我炫耀：开着空调，和你在城市里的楼房里一样！

见我发愣，他自豪地说，有住的，有穿的，有吃的，还有空调，冬暖夏凉。想吃肉买它个

10斤8斤，想喝酒就买一桶，这样的日子还有啥说的？

　　想了想，跟他比我确实不行。在城里生活的我，有了电动车、摩托车还想要买汽车，有房子住还想要换更大面积的住房，钱总是不够花，生活也总是不满足……看着眼前这个曾经穷困潦倒的单身农民，现在过着这样的富足生活，我感慨几十年来家乡的变化，也由衷羡慕这个农民扬眉吐气的幸福。

# 那一刻，他终于理解了父亲

## 鲁　瓜

男孩出生之前，那个竹风车就在。竹风车用竹子削制而成，叶片很小很薄，磨得光滑温润，甚至有了淡红的色彩。将风车举起来，冲着阳光看，每一个叶片都是半透明的，就像蝴蝶的翅膀。透过叶片看到的太阳，很淡很淡，有了毛茸茸的质感，让世界变得温暖起来。

男孩喜欢举着风车疯跑。相比纸风车，竹风车转动起来稍困难些，这让男孩每次奔跑都用尽了力气。当竹风车转动起来，男孩就能听到叶片带起的悦耳风声。男孩没什么玩具，那个竹风车，让他的童年充满快乐。

每当男孩要带风车出去，父亲就会嘱咐他说，千万别弄坏了。男孩应着"嗯"！人已经走到门口。父亲说，竹片容易折，别碰着。男孩说"嗯"！人已跑出了屋子。男孩喜欢这个竹风车，认为即使他活到100岁，风车也不会坏的。

有时父亲会陪男孩一起玩。父亲坐在旁边，看男孩举着风车在草地上欢畅地绕圈跑。父亲说，千万小心，别碰着风车。男孩说，嗯！他从父亲面前跑过，看到了父亲高大的喉结、发青的下巴和关切的眼神。虽然很喜欢这个风车，但男孩认为这不过是一个风车，父亲总是千嘱咐万叮咛，有点过了。

风车陪了男孩好多年，终于有一天，被男孩弄坏了。

那天，男孩将风车插在自行车上，然后骑车绕一棵桦树转起圈儿来。风很大，风车转动很快，男孩异常兴奋，骑着车左摇右摆。父亲说，你小心点，别把风车弄坏了。男孩说，嗯！速度却不减。他快活地大呼小叫，风车却突然从车上掉落了。来不及刹住，自行车就从风车上疾驰而过……男孩听到风车发出极小却非常清脆的断裂声，回头看到竹风车已经四分五裂。

男孩吓坏了，他扭头看向父亲。

父亲急忙走过去，蹲下来将残缺的风车碎片一块块捡起，端在手心。然后，他捧着那几块风车碎片走到一旁坐下，好久没说话。风很大，父亲抬起一只手，轻轻擦了擦眼睛。

晚上，父亲将竹风车用胶水粘好，小心翼翼地锁进一个铁皮盒子。接下来整整两天时间，他都没有与男孩说一句话。男孩看到父亲好多时间都安静地望向窗外，目光仿佛飘得很远。正是春天，窗外的玉兰花迎着阳光，开得晶莹、灿烂。

男孩虽然也心疼风车，可他不能理解父亲。他想，一个竹子削制而成的风车而已。

后来男孩长大了，去了城市里读大学，然后，他留在城市，恋爱、结婚，离老家越来越远，离乡村越来越远，离父亲越来越远。有时他也会梦见父亲和故乡，但更多时候他在城市里疲于奔命。

过年回老家，收拾房间的时候，他又看到那个铁皮盒子，于是想起了那个竹风车。他问父亲，竹风车还在吗？父亲便打开盒子，取出风车。被父亲粘好的风车依然温润光滑，冲着太阳看，阳光淡淡地透过来，窗台上便多出一双温暖的翅膀。

也是那天，他知道了，这个竹风车是爷爷留给父亲唯一的东西。

"你可以带回去给你儿子玩。"父亲的表情有些内疚，"只是它可能转不起来了，我没有把它粘好……"那时候，他的儿子刚刚出生两个月。

他带走了竹风车。心想，待天气再暖些，他就可以带着胖得像只小猪一样的儿子，回来看望父亲了。

天气当然会暖起来。可是，就在立春的前一天，父亲去世了。再次回到老家，看着墙上父亲的照片，他很后悔上次没有带着儿子过来。

　　那个竹风车，被他插进桌上的小梅瓶里，成为客厅里的一个装饰。有时候，他盯着风车，仿佛看到风车转动起来。风车的旁边，多出花，多出草地，多出狗，多出桦树，以及桦树下面笑眯眯地看着他的父亲。

　　那天，蹒跚学步的儿子碰倒了桌上的梅瓶，风车掉到地上摔成两段。不懂事的儿子从旁边摇摇摆摆地走了过去。

　　妻子从厨房探出头，问，怎么了？他看着风车，一言不发。那是父亲留给自己唯一的东西，也是父亲留给自己的一段时光。他想起那个春天——当他骑着自行车从竹风车上碾过时，父亲的表情。

　　他想，那一刻，他终于理解了自己的父亲。

# 土地是慷慨的

**麦 父**

收割过的庄稼地里，还有很多的宝贝。这些，可不仅仅是村庄上空飞过的鸟知道。

每到收割季，大人们在地里割的割，挖的挖，铲的铲，一派忙碌。我们这些半大的孩子也不闲着，大人们将一块地收割完，就该我们上场了。

捡麦穗，是我们都愿意干的活儿。收割完麦地，空气中还弥散着麦香。就算捡不着几棵麦穗，闻闻这新鲜的刚刚被镰刀割过的麦秸里冒出的清香，也让人陶醉。

而且麦地从不会让人失望，倒伏的麦秸中，

总能捡到一棵又一棵沉甸甸的麦穗。麦穗的金黄与麦秸的枯黄混在一起，很容易被闪花了眼。但麦穗有着细密的麦芒，像一排针一样，即使被麦秸遮盖，也藏不住那么多刺出来的麦芒。我们这些乡下的孩子，往往一边说笑着，一边弯腰捡拾麦穗，就捡拾了好多。

尤其女孩子，她们捡个麦穗都能捡出花一样的感觉。手里的一把麦穗，穗是穗，秸是秸，像头上扎着的小辫子一样整整齐齐，麦芒也齐刷刷统一指向天空。捡满了一把，她们就用头绳捆扎好，像一捧金灿灿的花束。等捡到好几束这样的麦穗，最后抱在一起，沉甸甸垂挂在胳膊弯里，一副乖巧甜蜜的样子。

只要是种过庄稼的土地，就一定能在收获之后，再捡到一些什么。

比如一块刚挖过的番薯地里，就可以捡到不少的小番薯。带上一把铁锹，或者一只小铲子，到地的边角处没有挖过的地方，挖开必有所获。番薯藤绿油油地游走着爬满整块地，大人们在挖番薯时通常不会挖边角的地，也或许是他们故意留下让娃们来挖吧？反正，只要用心用力，里面一定会藏着惊喜。它们逃不过捡番薯孩子的眼睛——那双被饥饿折磨的眼睛，无比锐利。

最有意思的要数捡花生了。花生地往往是松软的沙土，所以起花生时只需用手揪住花生的茎叶往上一拎，土里的花生就一颗接一颗被揪了出来，跟拔萝卜有点相似。不同的是，萝卜只有一根，而一棵花生茎下则结着几十、上百颗花生，尽管沙土地松软，也还是会有那么几颗花生与土结在一起，没有被拔出来。这样，就留下了可以再次捡拾的花生。

捡花生时，最好带个铲子或者锄头，蹲下来将土一层层扒开，找寻遗落在土里的花生。这是个细活，需耐着性子将整块土翻一遍。可谁又能知道哪块土里落下了花生呢？

告诉你个秘密吧——天上下的雨，就能帮了捡花生的娃们的忙。当雨点噼里啪啦落在一块刚起过花生的地里，将土打湿，那些躲藏在沙土里的花生，会一颗颗兴奋地从土里现身，探出头来，露出它们那白花花的脑瓜壳……哈!

土地是慷慨的，它不仅给了辛勤劳作的农人们一茬茬收获，也给乡村里的娃们到处都留下惊喜，从不吝惜地养育着奔走于这块土地之上的每一个生灵。

# 蒂是苦的

## 孙京雨

弟弟喊："姐，我饿了。"

正在菜地里弯腰除草的姐姐，直起腰，看了一眼坐在田埂上的弟弟。她也饿了，早上，她将自己的馒头给了弟弟，自己只喝了一碗稀饭。姐姐又看了一眼小山坡——那两个淹没在麦地里的身影，是他们的爸爸和妈妈——他们在收割麦子。所以，就算现在她背着弟弟回了家，也没有饭吃。

这时，姐姐扫了一眼菜地。

菜地里的茄子、青菜、青椒，都绿油油、郁郁葱葱的也还都是"孩子"呢，没有完全长

67

熟。而姐姐还干不了其他的农活，只是在这块地里，给菜浇水、除草、捉虫，顺便照顾着弟弟。

她的目光落在黄瓜上。那瓜藤已经顺着竹竿爬到比自己的头顶还高，有几根藤上结的黄瓜比自己的手掌都长，弯弯的垂挂着像个月牙儿。这是他们家的菜，也可以是他们家的水果，她和弟弟都爱吃。但现在正是它们长个头的时候，摘了吃，真可惜。

"姐，我都快饿晕了。"弟弟又在嚷，有气无力。她又看了看那垄黄瓜，迟疑了一下，走到近前，狠狠心，手伸向最大的那根黄瓜。瓜还没熟，蒂与藤结得牢牢的，她用力一把扯了下来。没洗，只在衣服上将黄瓜的毛刺蹭掉，两手轻轻一掰，"咔吧"分成了两段。然后，把一段给了弟弟。

弟弟开心地接过去，不用看就知道，自己的这段肯定比姐姐的长——因为永远都是这样。

他塞进嘴里，"咔嚓咔嚓"几口就吃完了，又眼巴巴看向姐姐手里的那段黄瓜，她还没吃光。"姐，再摘一根吧?"弟弟央求着。姐姐摇摇头，把自己剩下的一小截黄瓜给了弟弟。弟弟塞进嘴里，就"哇"地吐了出来。可真苦啊! 这是连着瓜蒂的那截黄瓜，头儿上还往外渗着绿汁呢。弟弟把它还给姐姐，姐姐却接过来全吃掉了。咦，她怎么一点也不嫌苦?

我就是那个弟弟。

跟很多有姐姐的弟弟一样，我是在姐姐的后背上长大的，姐姐到哪儿都背着我。去外婆家，半道我走不动了，姐姐背起我; 去邻村看完电影已经是半夜了，我趴在姐姐的后背上睡着回家; 去七八里外的镇上赶集，去时爸爸背着我，回时爸爸挑着担子，姐姐就背起我来; 就连姐姐和村里的几个女孩子一起玩跳绳游戏，也背着我，我在姐姐的背上一颠一颠的，像骑马一样好玩儿……

有一次，路上遇到个沟坎，姐姐背着我一脚就跨了过去。我趴在她的背上，觉得这样跨大步很好玩儿，就让姐姐来来回回地跨那个沟坎。后来姐姐实在跨不动了，我就说，你背着我双脚并在一起蹦过去，我们就结束这个游戏。姐姐跟我拉了钩，双手托住我的屁股，身子微微弯下来，然后发力、起跳……可惜没能成功，她的一只脚被坎尖拌了一下，"扑通"一声摔倒了。我也从姐姐的后背上掉了下去，"哇哇"大哭起来。姐姐自己也哭了，她的脸栽到地上蹭破一块皮，渗出了血迹。可她还是边哭边检查我有没有受伤——那一次我的膝盖也蹭破了一点皮。回到家，妈妈见我受了伤，反手就给了姐姐一巴掌。姐姐委屈地捂着脸，却什么也没有说。那晚，妈妈给我蒸了一个鸡蛋，我偷偷给姐姐挖了一大勺。那是我印象里，小时候唯一一次将自己喜欢的东西分给了姐姐。

姐姐只比我大两岁，却将我背大了。我是

家里唯一的男孩。有时候，姐姐太累不想背我，妈妈就会斥责她，你是姐姐，不应该照顾弟弟吗？其实我还有一个小我两岁的妹妹，她也想让我背背她时，我妈就会呵斥她，你自己没长腿吗？所以，妹妹也是我们的姐姐背大的。

我只背过姐姐一次，是她出嫁的那一天。我们那儿有个风俗，女孩出嫁时，一定要娘家的哥哥或者弟弟将她背出家门，送上迎亲的花轿或汽车。我背着姐姐跨出家门的时候，泪流满面。我知道，这一背，姐姐就是别人家的媳妇，再也没有一个人会像姐姐一样，时时刻刻心疼我、呵护我了。

如今我们都已年过半百，有时候姐姐来我家做客，会背着她的孙子。这虎头虎脑的小家伙，真有点像小时候的我呢。

现在每次吃黄瓜，我也会吃掉瓜蒂那部分。所有瓜的营养成分，都是从瓜蒂输送过去的，而它自己却总是来不及变甜，就不得不早早成熟了。蒂是苦的，有姐姐的男人，心是甜的。父母是孩子的"保护神"，但过度的保护往往是过度干涉、过度限制，凡事包办代替，使孩子依赖性强，自理能力差，难以适应社会，生活寸步难行，成为"三十而立"却不立的"巨婴"。

曾经保护你的，也可能成为阻碍你的。你的老师可能是你的硬壳，你的师傅可能是你的藩篱，你的领导可能是你的羁绊，你的监护人可能是你的囚牢。

人的生长发展如此，经济社会运行也是这样。多年前，一些地方政府为了发展经济，出台许多条款，对内补贴，对外排斥，一味强调地方保护，结果适得其反，封闭阻碍了自身经济发展。也有个别国家大搞贸易保护主义，既损害了全球性企业，也伤害了许多本国公司，为此付出巨大代价。

同理，过去的成绩不是"保护伞"，陶醉其中，就不会有创新；今天的荣耀不是永远护身的"光环",徘徊其间,就不能够前行;必须把"过去"抛在后面才能向前,摒弃过去,才有进步。

法国作家纪德说,人类珍爱自己的襁褓,但只有知道摆脱它时,人类才能成长。

# 山阴道上

**俞 俭**

少年时不知走过多少遍的山阴道，深深铭刻在我心中，以一种鲜明的形象，常常浮现在眼前。

家乡千百年来沿用的柴火灶，一年不知要吞吐多少柴火，我们那一代都有从小进山砍柴的经历。山在五六里外，重重山峦，连绵起伏的山褶皱里一个个深深的山坞，密密丛林，藏有取之不尽的柴火。

进山入坞，走过三四里长的山阴道，小伙伴四散上山入林。一边挑选，一边砍伐，满山谷就震传着梆梆嚓嚓的声响，大树滑溜着山皮，树仔抛飞过林丛，山脚横横竖竖起了一堆堆柴火。总得要一个上午，才你呼我应一起下山。

先灌几大口山泉水，就软坐下来发一阵懒儿。汗渐渐凉，身上便起了一层盐粉。身边的木柴散发出新鲜的青青味儿，心底就浮起美意快感。

该理弄柴担了。砍来青藤，编结两个圈圈，树仔砍成一节节，比筷子要长，塞进圈里，一一楔紧，两圈相隔一米左右，中间嵌有一根粗直的柴棍，这样挑在肩，走起路来，一震一颤，很有节奏感，人似乎就轻松些。有的是一根碗口粗的树，梢尾绑上一圈树仔；有的偷点懒，将长长的树仔绑成一大捆，驮在肩上。

末了吆喝着，催赶着，收拾一番，相互照应一声，举步出发。两腿下蹲，弯腰弓背，憋一口气，努一把力，倏地将柴担扶上肩膀，立即用搭柱支住，晃悠悠的，却是稳当。似乎嗓子就痒痒，神气儿喊一声，叩得山林一片嗡嗡回音。峰回路转，密密层层，深谷里，直眼是望不见山口的，那山阴道的模样，在脑子里就映现。

山阴道上，松杉挺茂，杂树四合。繁枝茂叶，交错连接，幽深深搭盖成穹庐。

春天早早就来到，阳光是明丽，把山野静静照耀，走在山阴道上，绿叶淡泛着黄晕，嫩嫩透出新鲜气息。

夏日里浓绿起来了，暑气像是被绿过滤了，山野的香也渗出来，包裹着你。

秋冬就又是深绿铁青，疏疏落落，似乎就有了寒意。当然，飞红片片，色彩斑斓，太阳暖暖照下来，依然感受到旺盛的活力。有些特别的是兰花。

冬春之际，随处挖一丛，挂在柴担上带回家，种在花钵里。兰花开了，满屋满村弥漫幽幽清香，谁家女孩秀发上别一朵，便添了几分野气和秀美。

　　最受用不尽的是山果子，山莓、野桃、杨梅、酸枣、猕猴桃、柿子、金樱子、毛栗……当然，在山上就饱餐了一顿。这个时候，注意的就是脚下的山道了。

　　山道仿佛十分勇敢，又十分细心，放放纵纵，收收拢拢，无穷变化，忽地就从一处狠狠跌下去，跌到底了，昂头儿又蠕蠕爬上前头。肩驮的树梢尾，常常拍打坡道，一颠一颠，肩头就震得生疼。走在坡底，个子矮小的人驮一根长长的树，两端都被抵住，无论怎样努力都前进不得，伙伴就忙来帮扶。

　　行走在曲折迂回的山道，可谓坎坷艰难。有时身子要贴石壁，气不敢出，汗不敢出，全神贯注，踮脚儿走，像是惊心的山羊，下临深渊呢，越是害怕，双脚越是发抖，一软闪就可能连人带柴摔下去，真险啊。开始上长长的高坡了，脚趾密密并拢，紧巴着地，一步一步踩上去，不可一丝松懈。那时，人往往是靠了一股子气，硬劲儿就能上去、向前了。

　　大杉树、大松树下，铺了红红的针叶，以为平坦好走，其实倒要格外小心。也许藤蔓棘刺就来勾肩扯领，拉绊柴担。也许就触犯了一窝黄蜂，嗡嗡嗡一片飞，柴担甩不及，人就跌倒了，滚出老远。叶底花花绿绿的毛毛虫，冷不丁咬你一口，便酸辣辣地疼。

　　歇肩处不用尺子丈量，一程一程，距离大约相当。愈是肩负得重，愈是匆匆走快，憋足了气，弓起肩背，咬紧牙关，赶到歇肩处。歇下来了，一时就又不肯起身。把柴担支靠着山壁，或是两两依靠，都稳当。这样手脚松放，坐着，躺着，卧着，歪歪斜斜发懒。

　　阳光在密叶中筛选，落在地上，抬头看时，光线忽长忽短激射，似乎眯眼探看山阴道上什么秘密。有鸟儿在树上跳跃鸣叫，美妙动听。不觉大伙打起口哨，山雀、画眉、黄鹂、绿嘴，百般叫声，学得极像。这时，一只兔子箭似的蹿过去，而竹鸡走过来却从容不惊。一只长尾巴松鼠吸着涧泉，有人丢一枚石子，它便迅速地蹦上树，不见踪影。

那道深峡里渗流出来的涧泉呢，最是生动引人。也许就是涧泉模仿了山阴道，二者曲直相宜。却毕竟又有自己的个性，跳跃跌宕，在静静的山谷里喧喧地响。若在石崖上，就化成一匹小瀑布。泉水夏日清冽，啜一口，身骨子都沁出凉意；秋冬又温和，饮着不酸牙、不痛肚。山涧两旁浅蓝碧绿的水草，在清流中轻盈摇曳，唑唑作响，让人感觉有阵阵凉气浮起。水底大大小小、扁扁瘦瘦的石子，纹理清晰，光彩闪闪，有小鱼、小虾优游其中。

走走歇歇，一程又一程。柴担是把话压住了，一歇下，话自然蹦出口。互相说笑好多粗鲁的话语，讲起山神水怪的故事，又谈论向往着各自美好的未来。有的说长大了飞出去，有的说山生育了自己，永久待在山里。论论争争，结论是无论如何，一辈子忘不了这山野。

也是的，岁月的波澜也许会荡涤往事的细节，却无法洗去这山野的鸟鸣泉响、这印在山阴道上的汗水和脚印、这少年身心染透了山野的绿。话题自然归结到打柴上来。

"再砍两挑，学费书费全有了。"

"我爸说，积了一堆，装车进城卖呢。"

"今晚家里还等着这柴烧啊。"

"妈呀，肚子饿了。""是饿了。"

提起脚，却似乎没有了一丝劲。路在脚下，得靠自己走，柴担得靠自己挑。也就咬咬牙，憋憋气，一步步踩在山阴道上，踏实小心，心中还是蛮有勇气和信心的。

毕竟是看见了山口，眼前豁然敞亮，都松了一口气，似乎一步就到家了。其实，还有很长的路要走，不过那已是空阔平坦的大路了。

涧泉淙淙出山口，别了山阴道流去。待我们再回望，山阴道已掩藏在深谷密林了。

在城市安身以后，再也没有重走山阴道，但它总是鲜明地展现眼前。可以说，我的人生之路就是从这条山阴道接续而来，是最基础的路道，人生的方向和步伐从这里奠定，甚至可以说这条山阴道正是后来将要走的路。

山阴道上，人的意志和毅力得到磨砺，形成并保持纯粹的心境，坚毅的性格，团结合作的情谊，一种不怕苦不怕累的精神烙印在心中，经多大的难，吃多大的苦，受多大的怨，也能坚持挺得住！敬事笃定的生活态度也从这里得到启发，走路踏实，做事扎实，一步一步都不可以虚踮，每一件事都要有始有终落实到位。

这对我后来的人生经历有很大的帮助。从小接纳生活的艰难，甚至在这样的艰难中并不觉得痛苦，反而有一份快乐，一种充实，觉得为家出力担当，才堪为有用之人。

# 爬满地头的藤

唐 仔

初春，母亲在地角栽下了几棵秧苗。这时候，大块的地都还光秃秃的，它们是留着种庄稼的。

我跟在下地干活的大人屁股后面，母亲说，你就给那几棵秧苗浇点水吧。这是我能干得动的活，也是我乐意干的活。我拿着瓢，一趟趟从池塘里舀来水，给它们浇灌。一棵，两棵……总共八棵，这些苗，是我的算术启蒙老师。

当它们还只是开着两瓣芽的小苗时，你认不出它们是什么植物，就跟我们这群喜欢光着腚在池塘里戏水的娃一样,你站在岸上,是分不出谁是黑蛋谁是狗娃的。这有什么关系呢?当我们爬上岸,或者长大了,你就能看出我们的不一样了。这些秧苗也一样,它们很快就会开出不一样的花,结出不一样的瓜,就算一个傻瓜,也能看出它们的不同来。

没错,地头很快就会爬满它们的藤,它们每一个都跑得比春天还快。

当它们开始跑藤的时候,你就会明白,为什么我的妈妈只将它们种在地角了——它的根在地的一角,而藤,却可以往东、往西、往北、往南。如果任它们撒着欢儿跑,不出这个春天,就能将整块地都变成它的跑马场。

大人们是不会由着它们的,就像也从不会由着我们一样。胆敢往庄稼地里跑的藤,会被大人一把揪起来扔回到角落。它们软塌塌地蜷缩成一团,似乎有点迷失了方向。但第二天早晨你再去地头,就会看到它们又舒展开了,藤头已经重新找到方向，继续往前爬。地大着呢，不能往这边爬，就往那边爬呗，四面八方，总有一个方向是藤可以爬去的。

藤的头都是最嫩的芽，可我总觉得它更是藤的眼，不然，它是怎么看得见前方的？你看看藤的头，都是昂着的，向前，向上，这样才看得见更远的地方。望见前面有空隙，它就爬过去了。在它的眼睛后面，必定还跟着一个卷须，这是它的手，看到什么都会一把抓住，然后一圈又一圈紧紧地缠住，这就算站稳脚跟了，接着往更远的地方爬。

藤看到什么，就会缠住它，从此不松手。一根草，一棵菜，一株麦子，或者树，都行。早晨，父亲戳在地头的铁锹，就被一根藤缠上了。藤又不懂得放手，父亲拔起锹的时候，那根藤差一点被连根拔起。如果你一动不动站在地头想心思，就得小心了，藤会比那些心事，更牢地缠上你。

你可以给藤截一些杆子了，让它们朝上爬。杆子有多高，它都能爬上去，换句话说，你想让一根藤爬多高，就给它竖一根多高的杆子。当然，也有一些藤更喜欢在平地上爬，从自家的地角，翻越田埂，爬到别人家的地里去。对付它们的办法是一把将它们揪回来，像揪一个逃犯一样。我父亲有更简单的办法：将它们的头掐去，让它们不再一门心思只想着往前爬。因为，一根只顾着爬的藤，往往忘记了它的使命——结瓜。

是的，当藤爬满了田埂的时候，它就该开花了。有意思的是，大多数藤开出来的都是黄花，而结出来的瓜却完全不一样。黄瓜，冬瓜，南瓜，苦瓜，以及别的什么瓜。即使没有被掐去头的藤，当它们开出花，结出瓜之后，也忽然放慢了爬藤的脚步，似乎知道必须要留下更多的营养，让瓜长大。当所有的藤蔓上都结满了瓜的时候，就该是夏天了。你从村头望过去，大地绿油油一片，庄稼之间，就是那些填充了空白的藤蔓，它们让大地变得饱满、丰厚。干农活的大人们，饿了，渴了，随便摸到一根藤，摘个瓜，充饥解渴。对于我们这些孩子来说，藤更是充满诱惑。我们光着屁股，顶着烈日，来到田头，有时候摘自己家的瓜，也有时候摘了别人家的瓜。你怎么能够分得清同一个田埂上，那些纠缠在一起的瓜藤，它的根到底是自己家的，还是别人家的？看得见的瓜，很快就被摘光了。你顺着一根藤往前摸，指不定在哪个茂密的草丛中，就摸到了一个大瓜，掩藏越深，瓜越大。后来我们上学了，学到了顺藤摸瓜这个成语，才知道，藤还是我们的语文启蒙老师呢。

一根藤上，能结很多瓜，都很大，拍一拍"咚咚"响。这些大瓜，可做菜，可做汤，也可做饭；可解馋，可消渴，也可以填饱肚皮。它们只占据了地的一个角落，却养活了我们。

秋天来临，瓜被摘光了，藤也就慢慢枯黄。该怎么清理这些乱麻一样纠缠在一起的藤呢？拽，撕，拉，扯，都不是好办法。我父亲只用一招：用镰刀将藤的根斩断。这些被截断了根的藤，从根部开始枯黄，死掉；而它的藤梢似乎还不知道，还在往上或往前攀爬——它打了最后一个结，终于无力地倒下，耷拉下的藤梢，却仿佛在眺望明年的春天。

# 嘴　馋

孙爱东

儿时，家穷，嘴极馋。

为此，没少挨娘的责骂。虽羞愧难当，但嘴不争气。一碰到自己想吃的东西时，娘的话早忘到九霄云外，嘴就开始不由自主地馋起来。

20 世纪 80 年代初，农民有了承包地。大多数人家开始能吃饱肚子。但，填饱肚皮的无非是玉米、小米、土豆之类的"金色世界"。馒头是不常见的。大米更是稀罕，一年见上一两次，就感觉很幸福了。

吃的当中，玉米面是"主角"。娘变着花样给我们吃，今天干粮，明天菜干粮，后天玉米面粥，大后天玉米糁粥。纵然形式七十二变，但总归是玉米的味道。

单调的食粮，乏味的饭菜，已难以满足我那蓬勃生长、不可遏制的吃欲。童年的我，以这种最原始、最朴素的方式，表现出了对美好生活的向往。

最盼望的、最亲近的人，是那走街串巷的小贩。那些卖冰棍的、卖麻糖瓜的、卖水果的、卖油条、麻花的，只要一敲那特有的铜锣，或者长长地喊一嗓子，我就会发疯地向"发声"地扑去。

买零食的钱是没有的。跑过去是为了闻那让人心旷神怡的香味。印象最深的，是那卖油炸麻花的。他一来，香味几乎弥漫了半个村子。有时，他要离开村子了，我会悄悄地跟在后面走一程，不是送他，而是为了闻味，想在香味中多陶醉一会儿。

曾有一次，看着其他小朋友买了"好吃的"，在那大快朵颐，极度享受，口水实在没忍住，就缠磨着向家长要几毛钱，试图解馋。估计是把家长惹烦了。嘴上的馋没解，屁股上却结结实实地挨了几笤帚。

爷爷是离休老教师，在我眼里是"大款"，但平时也很抠门。一天，爷爷突然开恩，一次买了10多根麻花。他从中拿出一根，一掰为二，分给我和弟弟，其余的拿回了他屋里。

来不及品尝，垂涎已久的我，几口就将麻花吞进了肚里。后来，看电视剧《西游记》，看到猪八戒一口吃掉手中的人参果，结果不知人参果为何味，又求情于孙猴子再弄几个来的情景，我是很同情并理解猪八戒的心情的。

手里的麻花吃完了，自然就惦记上爷爷屋里的麻花。瞅准爷爷外出时机，我偷偷溜进他屋里，翻箱倒柜起来。躺在抽屉里的麻花，很快就变成了我口中的美味。

那几天，每天我都贪婪地享受着人间美

食。很快就露馅了，爷爷向娘告状，"老二偷吃麻花。"自然，免不了责骂挨打，又背上了一个"偷吃"的罪名。

那时的农村，经济紧张。较为流行的交易方式，还是原始社会就已经出现的"以物易物"。花椒换大米，萝卜换莜面，黑枣换黄米面……交换的方式、交换的种类花样繁多。但大人们换回的东西，是为了果腹的，解决不了嘴馋的问题。

有一商贩，贩卖糖瓜，可以用鸡蛋交换。这让我喜出望外。急匆匆奔回家，趁娘不注意，悄悄拿上一个鸡蛋，交到商贩手中，换回口中美味。

老子说：一生二，二生三，三生万物。

偷拿鸡蛋这事，到二就打住了。第三次，被娘逮了个正着。以后，就没有以后了。

原来，娘保存在大碗里的鸡蛋，不仅有数，而且有造型。年幼的我，不懂得将鸡蛋摆放成原状，让娘起了疑心。如果早年就看了《潜伏》之类谍战片，有余则成作案后将现场回归原状的案例教学，我相信，用鸡蛋饱口福的行为至少不会那么早就暴露。

"偷"不成了，还可以"抢"。

一个村民买了一个爆花机。每到周末，他都会到戏楼院支开摊场，点着火焰，将黄色的玉米倒进机器的肚里，砰的一声，变魔术似的变出香甜可口、咧嘴开笑的爆米花。经不住孩子们的缠磨，家长们一般会端出玉米、柴火，并向人家奉上2角钱，爆一锅美美的玉米花。

那时，村里几十个孩子或蹲或站，围成一圈，目不转睛地盯着爆花机。烟熏火燎，时辰已到。随着震耳欲聋的一声炮响，美丽的爆米花大部分落进铁丝篓，一小部分犹如天女散花，散落于地。

这时，小伙伴们犹如看见猎物的小狗，噌地一下，弹了出去，双手飞快捡拾那些漏网之花。有些小伙伴，胆大，不讲武德，直接上铁丝篓里抓上几把，然后溜之大吉。

背后传来了骂声。但，那早已不是大家考虑的事情了。

上小学后，小伙伴们的能力变强了，不再满足于"偷偷抢抢"的低水平行为，他们要向大自然索取美食。

秋天到了，果实熟了，这是一年中最惬意的时光。

满树的核桃，肯定逃不出我们的魔爪。青皮核桃，桃仁正香。其仁，不容易取出。小伙伴们找来铁丝，打造出锋利的剜核桃刀，找准核桃入口，轻轻用刀撬开硬核，再轻轻镟出隐藏在里面的核桃仁。

剥皮，入嘴，满嘴香甜，真是过瘾。

地下的红薯、树上的板栗、田里的玉米，都是大自然给我们的美好馈赠。

周末，约上三五死党，带上火柴，来到野

地，用三块石头垒一个灶火台，上面放一平板石，把红薯、核桃、板栗放在石头上，用泥将其蒙严实。

捡树枝，点火，冒气！

当泥巴变干的时候，里面的食物也就熟了。打开泥巴，一股香气，扑面而来。早已顾不上烫手、烫嘴了，蹦着、跳着、叫嚷着、吸溜着，一会儿就将之消灭殆尽了。

人的欲望真是一个填不满的沟壑。吃了陆上长的，又开始盯上水里游的，地上爬的，天上飞的。

那个年代的河水是清澈的。

更加稀罕的美味，如鱼、甲鱼之类在小河里经常出现。当然，抓获的难度已超出了我们那个年龄段的能力范围。我们只能跟在村里年轻人屁股后面，看热闹，帮小忙。

他们不知从哪儿弄来了雷管炸药，装在一个瓶子里，点着导火索后，扔向河水深处。一声巨响，水柱冲天。紧接着，翻着肚皮的鱼浮现在河面上。我们的任务是站在河水浅处，帮着捞鱼。这活一般是白干。到了晚上，人家吃鱼肉，喝鱼汤，是没有小孩子们的份的。

不过，抓鱼的过程，还是挺刺激的。下次人家捕鱼时，我们依然屁颠屁颠跟在后面，照干不误。

地上的蛇与青蛙，有些胆大之徒也是要染指的。

记得一次，几个小伙伴们，在河边游完泳之后，抓到了一条蛇。他们将蛇皮熟练地撕下来，就地生火烤蛇肉，沾着盐吃。看见那情状，我着实恶心了好一阵子。

工作后，有一次去西南某地出差，主人把我们当贵宾招待，给每人上了一截蛇肉。我立即联想到小时那一幕，赶紧让给邻座了。实在享受不了这口福。

至于上树掏鸟蛋，学着鲁迅笔下的闰土抓

麻雀，烤麻雀肉吃，那更是家常便饭。

初中，去外地上学。伙食很差，大部分时间是窝窝头、面糊糊，还有那飘着各种"小生物"的白菜汤。很想再"自己动手，丰衣足食"，但这种机会已一去不返了。

今天，衣食无忧，嘴不再馋，却愈发怀念那无忧无虑、无拘无束的嘴馋年代。

# 那一年，我们吃过的芋头叶

**周海亮**

母亲挑着竹筐，带着大壮，去3公里之外的镇上赶大集。竹筐里空无一物，母亲没有东西可卖。她也不打算买回任何东西，母亲身无分文。两个竹筐是母亲的嫁妆，姥姥希望母亲嫁过去以后，两个竹筐里总是满的。

母亲和大壮来到集上，大壮在一个炸糕摊前驻足，口水澎湃。母亲忙攥紧大壮，说，走快点，晚了就被别人捡走了。大壮跟紧母亲，炸糕的香气一路相随。大壮深嗅着鼻子，那香气让他幸福。走3公里山路，再走回去，仅仅能够无所顾忌地嗅一嗅炸糕的香气，就足以让他满足。

母亲却并非为这香气而来。她来，是为捡些菜叶。

菜农扔掉不要的菜叶，母亲捡回来，洗干净，变成他与大壮餐桌上的下饭菜。每两个大集母亲过来一次，逢这时，大壮就会千方百计跟着过来，只为嗅一嗅给他满足的炸糕的香气。

母亲来到菜市，不看菜摊，只盯着菜农丢到地上的菜叶。捡起菜叶之前，母亲会客气地问，这还要吗？对方说不要了，或摇摇头，母亲才会小心翼翼地将菜叶捡起，然后郑重地放进竹筐。如果对方正忙，母亲就安静地候在旁边。虽然母亲用尽她的耐心和卑微，但很多时候，她带回家的两个竹筐里，菜叶仍然少得可怜。

今天母亲的运气似乎不错——她遇到一个卖芋头的菜农。

整整一拖车的芋头，却没有砍去叶子。也

许菜农认为带叶子的芋头卖相好，更容易卖掉。所以当有人来买他的芋头时，他才会当着顾客的面砍去叶子。砍掉的叶子堆落在旁边，脆生生的，母亲的眼睛，顿时亮了很多。

母亲走过去，问菜农，叶子还要吗？她说得很慢，很清晰，声音却很低。她的脸上挂着笑，身子比刚才矮了很多。

这时有顾客过来，菜农开始忙碌。他帮顾客挑选芋头，砍掉叶子，过秤，装袋，收钱，找钱……母亲站在一边，既不说话，也不走开。

终于，菜农卖光了他所有的芋头。他看着不说话的母亲，问，你是想要这些叶子？母亲忙说，你还要吗？菜农说，全给你好了。

母亲挑着塞满芋头叶子的竹筐，带着大壮，踏上回家的路。压弯的扁担发出"吱呀吱呀"的声音，炸糕的气味越来越淡，田野的气息越来越清晰。母亲擦一把汗，她的表情，变得生动。

母亲来到河边，将芋头叶洗去尘土，摊开

到干净的石头上晾干水分。她坐在草地上休息，用狗尾草为大壮编一个好看的草帽。落日余晖铺染开来，母亲的脸，半边灰暗，半边鲜亮。

回到家，母亲又用井水将所有叶子仔细地清洗一遍。宽大的芋头叶片铺满整整一个小院，大壮想，他和母亲可能一辈子都吃不完。可是母亲看看大壮，说，她打算把它们全都做成咸菜，那样就能够吃得更久一些。

多年以后，大壮仍然记得那个晚上。月光如水般流淌在小院，流淌在宽大的芋头叶片上，流淌在母亲的肩头……母亲坐在门槛上，看着满院的芋头叶子，表情安静。她轻拂一下额前的乱发，日子开始变得有了滋味。

让日子变得有滋味的，只是那些被做成咸菜的芋头叶。它们让窝窝头、南瓜粥和苞米糊们焕发出新的生命，变得丰富并且立体。母亲和大壮靠着它们熬过生命里最艰难的大半年，当苦日子终于过去，那些用芋头叶做成的咸菜，正好吃完。

长大以后，有时候，大壮会把这件事情说给别人听，却极少有人相信。他们说芋头叶子或许可以吃，但不可能在大半年的时间里，餐桌上只有用芋头叶做成的咸菜。然后，慢慢地，连大壮也不信了。他想那或许是一个梦吧？那时他还小，分不清梦境和现实。他做了一个极其逼真的梦，醒后，便信以为真了。

前几天回老家，他问母亲，我小时候，咱们真的捡过别人不要的芋头叶吗？母亲怔住，然后笑笑，说，吃饭吧。

饭桌上有鱼，有虾，有蟹，有肉，有蔬菜，有芋头。小院一角，晾着几片肥厚的洗得干干净净的芋头叶。

# 蒜瓣里的故乡

## 清 欢

单位附近新开了一家面馆，小小的门店，窗明几净。那天中午，稍稍错开午餐高峰期后，我走了进去。

要了一份手擀面，在靠窗的小方桌前坐下时，一眼看到桌上除了一份面馆常备的自助调料盒外，还有一小碟掰开的蒜瓣。

棕色的碟子里，七八瓣个头均匀、小巧浑圆的蒜瓣，裹着薄薄一层纯白色的蒜衣。下意识四下扫一眼，发现每张餐桌上，都有这样一小碟蒜瓣。没来由地，脑中突然蹦出两句诗："停船暂借问，或恐是同乡。"

这样被摆放在餐桌上小碟里的蒜瓣，我实在太过熟悉——在我的家乡小城，无论是豪华餐馆、路边小店还是街头的夜市，每一张餐桌上，都惯常地备有一小碟蒜瓣。这种习惯，属于我的家乡。

于是忍不住悄声询问旁边的服务员，确认了自己的猜测——面馆老板的确是我的同乡。而我面前这一小碟不起眼的蒜瓣，也不是市场上常见的。它们同样来自我的家乡——兰陵。

家乡的"苍山大蒜"闻名遐迩，小时候，我最先认识的农作物，就是大蒜。

春季，县城之外的大片田野，目力所及尽是葱郁茂盛的蒜苗，规模浩大。父亲也曾在我们家院墙外开辟过一小片空地，齐齐整整地种了几垄大蒜，只是因为没有经验，长出的大蒜个头很小，但也满足了一家人的用量。

大蒜和麦子都成熟在初夏时节。在蒜薹抽去差不多十天后，父亲会把大蒜从地里挖出来，抖去泥土，在院子里晒上一小段日子。然后，趁着蒜叶没有完全干枯，还略带一点湿度时，便像编辫子那样一头头编起来，挂在屋檐下。

那时候，几乎家家户户都挂着些长长短短的蒜辫，餐桌上的大蒜也是寻常之物。

后来才知道，家乡盛产的"苍山大蒜"品种独特。它们有着纯白色的蒜衣，个头极其均匀，而且每头蒜的蒜瓣都是固定的——要么四瓣，要么六瓣，简称"四六瓣"。这种叫法，大概只有同乡才知晓。

这种"四六瓣"的大蒜，比其他大蒜的蒜香更为浓烈，黏稠度极高，适合做成蒜泥，用来蘸水饺、拌面条，或者直接夹在刚刚出锅的馒头中，都很过瘾。

对我的家乡人来说，本地盛产的"四六瓣"大蒜简直可搭万物。因此，每个家庭里和外面餐馆的桌上，永远都会有那样一小碟掰开的蒜瓣。

　　总有人喜欢在吃饭的间隙，拿起一朵蒜瓣，剥去蒜衣后"咔嚓"咬上一口。即使拿起蒜瓣的，是一个年轻女子涂着时尚蔻丹的纤纤玉指，也没有谁会觉得不妥。

　　有一次，好友带母亲去上海旅游。在一家环境优雅的餐厅，对着一桌精致的菜，母亲却冷不丁从背包里摸出两头大蒜，旁若无人地在一些食客惊异的目光中，仔细掰开，剥去蒜衣，说："菜有些寡淡了，吃瓣蒜提提味儿。"

　　哭笑不得的好友，最终也没拗过母亲对大蒜的坚持，只能在饭后塞给了母亲两块口香糖。

　　想来，这便是一方水土养一方人的简单诠释吧。

　　而除了食用，我对家乡的大蒜还有一种特殊情感，这和我的第一份工作有关。

　　小时候我所在的公司做农副产品出口，产品中占比最多的便是"苍山大蒜"。

　　于是，在大蒜的成熟季节，业务员会被分

散到不同的乡镇收购大蒜；然后，经车间工人进行分拣，按不同规格装进定制的纸箱。装大蒜的长方体白色纸箱上，绿色的公司标志配着几朵白胖的大蒜，还描了一圈浅浅的粉红色轮廓，可爱至极。每年中有小半年的时间，我和同事都在做着与大蒜相关的工作。那是我事业的开端，意义深刻。

没想到离开家乡多年之后，我会在千里之外的城市里，邂逅这样一碟小小的蒜瓣，邂逅故乡。待热腾腾的手擀面上桌后，我拿起一瓣，轻轻薄去蒜衣，递到唇边咬了一口。

瞬间解乡愁。

# 寄上香肠和念想

**潇湘君子**

父亲迷上做香肠，应该是从我小时候寄养在外婆家开始的。当时父母工作很忙，我和妹妹就被寄养在老家。可那时的副食品都是按户口凭票供应，我们姐妹的户口随父母在南京而没在老家，吃肉便成了问题。父亲能想到的办法，就是把肉票攒起来，静候冬日。

当西北风将银杏叶扫落一地，某个周日，他会在凌晨5:30起床，前去菜场排队，买下一整条猪后腿，准备灌制香肠。

那时候的菜场还没有为顾客加工香肠的摊位，卖肉人板着一张脸，把猪腿往案板上一扔就完事。父亲回家，拆卸整条猪腿，清洗，切几十斤的肉片，用黄酒、黄冰糖和酱油搅拌调味。接着，母亲帮忙用漏斗一节一节地撑开肠衣，父亲手摇绞肉机，将肉糜小心灌入。

就这样，父亲在小阳台上挂满了香肠，很有点"富裕人家"的样子了。当然，为了和贪嘴的鸟雀斗智斗勇，也要动不少脑筋的。父亲去竹器店定做了一个捕鱼笼一般的竹篓子，约有两米多长，高60厘米，宽度只有窄窄的20厘米。父亲骑着自行车，摇摇晃晃将这奇怪的竹器扛回去时，他们整个宿舍大院都轰动了，小孩子们好奇地跑步追看。父亲打开竹笼的暗门，把所有香肠都挂进去，让鸟雀再也没法贪嘴，邻居们也被父亲过日子的精细劲儿惊呆了。

一个月后，香肠被西北风吹干，悉数送回老家。这样的冬天，只要备下一只砂锅，几棵大白菜，菜饭里就溢满加了香肠的肉味。就算外面雨雪纷飞，也不妨碍屋内的暖意融融，连外婆的脸色也变得和悦了许多。

　　后来取消了票制，菜场和超市随时能买到各种各样的肉制品了，父亲仍然将入冬灌香肠的习惯保持了下来。我和妹妹陆续出嫁后，他和母亲一下子变成了空巢老人。父亲开始打探他的兄弟姐妹不同的口味，为手制香肠发明了许多不一样的调味方式。比如为他仍在老家的大姐和小舅子做咸香味的香肠，为他在重庆工作的弟弟做藤椒味的香肠。父亲说，他还记得自己50岁那年出差路过重庆，他的弟弟是如何挑着70斤重的红桔，把他送上了朝天门码头的。父亲还有一位嫁去上海的二姐，20世纪90年代因患鼻咽癌去世了。他记得自己当年上浙大，每天在棉纺厂隆隆的噪音中走3万步的二姐，是如何从牙缝里省出8元钱，每个月雷打不动寄到他的宿舍。父亲按照他两个外甥女的口味做香肠，里面放入上好的陈皮，融合了肉香、陈皮以及浓烈阳光和西风的味道。

快递业还不发达时，他通常是用包裹将香肠寄给亲戚们的——带着装香肠的小布包、毛笔与墨汁，赶往邮局。待邮局的营业员验看后，他用小楷在布包上写下发送地址，并附上问候的卡片：询问对方血压如何、牙齿可还好；西北风来临时，作痛的膝关节是否能行动自如……父亲戴着老花镜认真书写的模样，被忙着打包各种礼物的营业员取笑："现在哪个地方买不到香肠啊？您还分好几个包裹给人寄，多受累呀！"

　　父亲淡淡一笑，说："习惯了。到了冬天，晒晒太阳，暖烘烘的，不知为什么就想起小时候的亲人了。想他们了，寄几斤自己做的香肠，就是我的一点念想呀！"

# 隐眠在心底的家乡土特产

徐竞草

年少时，我家不富裕，吃喝用度上甚至还有些寒酸，一些好吃的、有营养的食品，大多是我妈手工制作出来，看着很土气。

我哥在某一线城市打拼多年，现已小有成就。2022 年我去看他时，发现他家桌子上竟放着一罐熟悉的黑芝麻粉。与我闲聊中，他还很自然地拿起来冲泡了一杯喝。这让我很是惊讶：自从日子好过后，我哥的吃用都要个讲究，即所谓的"上档次"。十几年前他刚过 40 岁，家里就不乏各种昂贵的保健品——抗压，抗衰老等等，都是进口品牌。现在怎么突然吃上这土掉渣的、我们家乡产的黑芝麻粉了呢?

问过我哥,他说是因为有白头发了,想吃些黑芝麻粉变回来,还真是网购老家那边的土特产。我瞬间懂了,原来他是在"返璞归真"啊。

我们小的时候,我妈每年都会在芝麻收上来后将其炒熟,和蒸熟晒干的糯米混在一起磨成芝麻粉。然后,每天早晨都给我们拌稀饭吃。我妈说吃了会乌发,以后老了,头发也白得迟慢。

那样的芝麻粉吃起来没什么味道,还有点呛人、挂喉,我们吃久了都觉得特别难吃,见到直躲。

前些年我哥是很难看得上那罐黑芝麻粉的——他对儿时的食品一直没什么好感。每年回家,他都极少要老家的土特产,一副早就吃够了的样子。即便强行给他带回去,他也几乎不吃。没想到,那次他居然主动吃上了老家的黑芝麻粉。

我哥还喜欢买名表,劳力士、浪琴、江诗丹顿,都入过手。我去他那儿聊起来,他便给我一顿介绍:如何鉴别好表,如何买到保值、升值的表……而今年春节,我发现他戴的并不是劳力士以及其他名表,却是一块上海牌的老表——我一眼就认出来那是我爸年轻时一直戴着的表。

我问他,这又是什么魔性操作?他只说,没啥,怀旧而已。

在南方某大城市生活的我姐,深受我哥影响,在吃喝用度上也跟他差不多。我妈爱女心切,常想着给她寄些老家好吃的土特产,我姐则这也不好、那也不健康地推托,还让我妈也少吃,搞得我妈很是失落。

2022 年疫情期间,我姐忽然打电话给我妈,请教她如何炒制我们小时候常吃的那种糙米。她说,孩子晚上要学习很久,想给他弄些开水泡糙米当夜宵吃。

我妈都差点惊掉了下巴。现如今什么好吃的食品买不到，怎么想起来要吃寡淡的开水泡糙米！我也笑话她，这是想让孩子过我们儿时的苦日子啊。

我姐也哈哈大笑，说，是哦，也不知道为什么，就是让他吃糙米，学我们小时候的样儿！

人真的是很奇怪哦，那些在生活艰难时曾久久围绕着我们，恨不得以后再也不碰、不见、不吃、不用的东西，居然会在某一天、某一时刻，突然冒出来，让我们立刻吃到用到，很想很想。

或许，唯一能解释得通的，便是它们从未真正离开过，只不过隐眠在我们心底，终有一天会自动醒来。于是，那些土掉渣的食物也好，爱好也罢，迟早都会再度出现在我们的生命里，帮我们实现人生的首尾呼应。

# 一段烟火滋味

张君燕

　　小时候的我，生活在豫西北的太行山脚下。乡亲们背靠大山，也依赖着大山，向大山讨生活。他们抡起大铁锤，敲下一块块山石，让那些千百年来站在山顶沐雨栉风的石块，变成城里一座座高楼大厦最牢固的基石。

　　一锤锤敲击，需要一次次挥舞起手臂，这是一场关于体力与耐力的硬战。冬日寒风凛冽，裸露在外的脸和双手被寒风吹得红肿皲裂，手心却因与铁锤手柄的摩擦而火辣沸腾，这种冰火两重天的滋味着实让人难忘。夏天则是另一种严峻的考验，烈日下被汗水湿透的衣服很快蒸发，却又在瞬间湿透，一次又一次……在山里干活，其他东西可以不带，但唯一不能缺少的是水，只有大口大口地灌下那一壶壶的凉白开，如野草一般的生命才不会枯萎，继而焕发出更加蓬勃的生机与活力。

重体力劳作带来的是重口味，辛苦了一天，清粥小菜怎么能满足空虚的肠胃？不来点浓油赤酱的吃食，是说不过去的。豫西北的乡下，最常见的猪肉依然显得奢侈，于是，卤猪头肉成了广受欢迎的美食。它价廉、味厚，夹到烧饼里就是一顿美美地主食；若用来下酒，虽粗犷、不甚讲究，像极了不修边幅的汉子们，但吃起来解馋、过瘾。

我见过隔壁张叔拦下沿街叫卖的小贩，喊："要两斤猪头肉，肥一点的！"还不忘补充交代，"肥肉香！"小贩麻利地割下一片肉，称重，切块，然后用油纸包了递给张叔。张叔托着油纸，嘴巴凑过来，从左向右扫过去，就像吃西瓜一

样——一眨眼，肉就进了肚子里。我都没有看到
他咀嚼，就见白花花的肥肉旋风般入了张叔的
口，揉皱的油纸被扔了出去。我曾一度怀疑，张
叔是否品出了肉的味道？不过，他脸上满足的表
情，似乎已经解答了这个问题。

与张叔相比，我的父亲习惯另外一种吃法。
他把买回的猪头肉放进碗里，再取另一只小碗装
了醋和葱丝，或者切半个洋葱、剥几瓣大蒜。然
后，父亲夹起一块肉，先在醋碗里蘸一下，再送
入口中。他微闭双目、慢慢咀嚼的样子，让我感
觉一种人间美味的真正享受。我似乎都能看见肉
里的油脂在他齿间溢出，香味在他的舌尖上激
发、碰撞。而最后的肉，是随同一口小酒，被父
亲全数收入肠胃的。

有一次，父亲夹了一段圆滚滚的肉给我吃，
我不喜欢过于肥腻的猪头肉，本能地拒绝。怎奈
父亲再三怂恿"尝一口，很好吃的"，终于张开
了嘴。那真是一种奇特的口感啊！皮紧实，肉耐

嚼，虽有油脂，吃起来却十分脆嫩，而且并没有肥腻的感觉。后来才知道，父亲给我吃的是一段猪尾巴。也正是那一小段猪尾巴打开了我的味蕾，让我开启了爱上卤味的旅程。

如今，家乡的人们早已不需要再向大山讨生活，曾经被抡起过无数次的大铁锤也锈迹斑斑；有了更多不仅口感好、也更加健康的美食可以选择，人们对猪头肉的热情基本消失殆尽。我却时常会想起小时候吃过的猪尾巴，怀念着那一段烟火的滋味。

# 爷爷的鱼干

**周牧辰**

爷爷跟鱼干打了一辈子交道，用奶奶的话说，就是双手、满身都是鱼腥味儿。

爷爷自己没养鱼，也不会捕鱼，做鱼干的鱼全是收来的。一年 365 天，只要没有特殊情况，爷爷每天早上都要背上竹篓，去镇上的露水菜市上收鱼。鲫鱼、汪丫、乌鱼、鲶鱼、小刀杂鱼……只要品质好，价格合理，他统统都会收回来。那些鱼都是附近村民捕捞上来的野生河沟鱼，味道很好。

鱼干的好处是不易腐烂变质，保质期长，爷爷乐得制作鱼干是要卖出去。作为一种可口、上档次的荤类咸货，鱼干深受一些食客和饭店的欢迎。卖个好价钱，爷爷就年年都能有收入。

但是，收入来得也并不容易。除了收鱼，更繁重和费事的工作则是处理那些鱼——一条条剖开鱼肚，去除里面的内脏。最难处理的是那些小杂鱼，只有成人的小拇指般大小，拿都拿不住。但每条都需要开膛破肚，挤掉鱼胆、去除内脏。唯有耐着性子弄，靠着慢工出细活。

出水后的鱼，越小的腥味越浓。但爷爷和奶奶顾不了这些，他们坐在一摊子大大小小的鱼跟前，一忙就是大半天。在浓重的腥味中，把每条鱼都处理得干干净净。

儿时的我，对鱼腥味非常反感，闻到后几乎反胃，所以我极少靠近正在处理鱼的爷爷和奶奶身边，更没给他们帮过忙。奶奶也曾厌倦过，她好多次都跟爷爷说，明年不搞鱼干了，烦死个人。爷爷笑笑，说，明年再说。可等到第二年，他们还是继续干。

有时爷爷高兴，也会心血来潮犒劳家人，拿出一些鱼来，做了鱼杂锅仔给全家吃。

鱼杂锅仔就在院子里的一个小炉子上做。点燃柴禾烧热锅，下入农家菜籽油，将生姜、大蒜、干辣椒炒香，再把处理好、清洗干净的小杂鱼倒进去煎烤一会儿，加醋、酱、清水煮炖……喷香的杂鱼锅仔一点腥味都没有，馋得我能多吃上好几碗饭！

当然，这样的犒劳一年也就次把，爷爷还得靠那些鱼帮衬着孩子们。奶奶跟我说，你家那3间砖瓦房，有一半都是爷爷用卖鱼干赚的钱盖起来的；有了砖瓦房，你爸才娶到了你妈，有了后来的你。

那些处理好的鱼，会被奶奶和爷爷挨个抹上一层细盐，拿到网框里去晾晒。大点的鱼还要用木棍儿撑开鱼肚，好让风和阳光进入其中。

晾晒鱼也同样会有股浓重的腥味，特别是有风吹来，家里都弥漫着那味道，引来苍蝇。它们无法飞进网框，就在周围飞来飞去，着实令人心烦。

这项不被看好的活计，周边的人中唯有爷爷在做。我甚至因此一度自卑，觉得爷爷在干着一件丢人的事。后来才慢慢理解，不是因为爷爷不怕鱼腥，不嫌麻烦，而是他明明怕和嫌，还一直坚持做下去，那是一种为了家人的隐忍。

人到中年，我更加理解了爷爷。什么样的工作才是好工作呢？应该就是自己能做且愿意一直做下去的，就像爷爷那样，做了一辈子鱼干，养活了一大家人。双手和满身的鱼腥味，成为爷爷身份和气质的标签，鲜活在我的记忆里，也启示和激励着我坚持向前进。

# 养一盆阳光

田雪梅

小时候，我家院子里有一方菜地，种着各种不同的蔬菜。母亲深谙种菜之道，从不在中午太阳最烈的时候给菜浇水，而是在院子里放一个大铁盆，里面盛满水，在阳光下晒一两天后，才装进洒水壶里，像雨水一般"唰唰"地滋润着躲在土里的小芽小苗儿，把"懒床"的它们唤醒，从土里伸伸懒腰钻出来。

院子里的大铁盆，总是满满地盛着水，在阳光的炙烤下，暖暖的。蔬菜们喝了掺着阳光的水，一蹿一大截，长得欢实。母亲说菜跟人一样，如果当头浇一盆冷水，也会打哆嗦，会生病的。就好比每次我从外面疯玩回来，满手满脸的泥巴，母亲总会从大铁盆里舀一瓢水给我冲洗。她说，一身汗的时候，切莫用凉水洗，易得风湿。

农忙季节，母亲上地前天才蒙蒙亮，但她照例要把大铁盆里的水蓄满。中午回来做饭时，母亲一进院子，就舀些水让父亲洗涮，父亲说水温乎乎的，洗起来真舒服，还免了烧水，省了很多时间。言语间透着对母亲的赞赏。

院子里的那盆水，招来了很多鸟雀儿，它们落在盆沿上探头探脑，确定没有危险后，点一下水，又一次左右瞧看一番，再点一下水。喝得兴起，还梳理着羽毛"叽叽喳喳"地聊起来。我向母亲告状，母亲便笑着说："你看小鸟多有礼貌啊，一边喝水，还一边冲着你行礼呢！再说了，我们白天忙去了，有小鸟陪你，你还不高兴？"

我家大门时常敞开着，散养的牛呀，马呀，

便大摇大摆地进来，喝足水，还要留团粪做纪念。当我发现院子里的这些庞然大物时，挥着扫帚就要冲出去。母亲见状，拉住我说："让它们慢慢出去吧，你看，它们也知道感恩呢，喝了咱家的水，还知道留些肥料。"

母亲养花也是行家里手。我刚有了自己的房子时，看见好看的花就往家里搬，林林总总占满了整个阳台。但我浇花没有规律，看见盆里的土干了就接点儿自来水当头一倒，那些花都病恹恹的，无精打采。

母亲过来小住，看到阳台上没有精神头儿的花们，自然免不了一顿唠叨。她修理了枯黄的叶子，又在阳台上晒了一盆水。想起儿时母亲在院子里晒水的情景，我有些不解——乡下是从山里引进的泉水，凉。这城里的自来水可是温吞吞的，还有晒的必要吗？但母亲说，甭管哪儿的水，这花儿啊，啥时候都喜欢掺了阳光的水。

果然，母亲用晒过的水浇了几次，花又精

神抖擞、神采奕奕了。

　　我特意上网查了一下，经过太阳的曝晒，可以使水中含有的氯气挥发掉；而且，晒过的水温和花根部的温度相差无几。母亲说，花的感觉很灵敏，容不得半点马虎。

　　后来，母亲随哥哥进城，照看小孙子便成了她的活计。小孙子爱玩水，母亲就在阁楼的平台上晒半盆水，搬到卫生间，让他玩个尽兴。让哥嫂奇怪的是，母亲带孩子很少感冒，哪怕常常玩得满身是水。对此，母亲却胸有成竹："不怕的，被日头晒过的水，温着呢！"

　　母亲年轻时，一双腿常年浸在田里的冷水里插秧；还要在露水重重的早上，去田野里摘苣荬菜给鸡鸭鹅们吃。所以，后半生的母亲，手指和腿的各个关节都因风湿而严重变形，疼痛时她咬着牙不让别人看出来。因为自己深受其苦，所以她对亲人格外上心，对身边的花草万物也格外用心。

　　周末晚上和母亲视频，她美滋滋地告诉我一件"大事"，说她正在泡脚，而这盆泡脚的水，是小孙子费了半天劲在阳台上给她晒的。说着她把手机的摄像头移到脚下——小孙子正在那里笨手笨脚地给她揉洗。

　　晒一盆水，就是在养一盆暖暖的阳光，那水有阳光的味道，更有爱的味道。母亲又何尝不是一盆被太阳晒过的水呢？我们健康成长的每一步，都少不了她温暖妥帖的呵护。在她的滋养下，我们把根扎牢，长得郁郁葱葱，葳蕤生香。

# 婆婆的白云，妈妈的酸菜

刘继荣

女儿出生后，婆婆与妈妈轮流过来帮忙，我与丈夫都很感激。但二老性格不同，和睦有时，争执有时，我们做小辈的时而目瞪口呆，时而啼笑皆非，她俩却不打不成交，成了好姊妹。

我妈要强，事事都要做到最好：玻璃要亮，饭菜要香，孩子要胖。我与丈夫工作太忙，疏于社交，妈妈很在意这事，每逢周末或节假日，总是忙忙碌碌做一桌子菜，让我们把同事叫来家里吃饭，大家一起聊聊天。所有人都爱吃她做的酸菜，每次临走前，她都要忙到深夜，做好多好多的酸菜。

老人家毕竟上了年纪，这样劳心劳力，是个铁人也撑不住。她脾气本来就急，又处于更年期，女婿是客，自然要温和宽厚，外孙女更是掌心里的珍珠，唯有我是亲生的，时不时被提溜出来数落一番。娘的含辛茹苦，我都明了，有时，也想让妈妈轻松一些，但又知她痴心，说了徒然惹她不悦。

婆婆刚好相反，她淡泊随和，做饭累了，就往沙发上一躺，支使我们点外卖，一边惊叹外头的菜浓油赤酱，一边吃得津津有味。带孩子倦了，周末就交给我们，她溜去剧院听一场戏，乐悠乐哉地回来，眼睛里有春风万千。婆婆大大方方地声明："我厨艺不精，你们同事间搞聚会的话，最好去餐厅。本老太太周末只想独自逛逛玩玩，做一片漂漂亮亮的白云，不问柴米油盐事。"

那次，说巧不巧，两个老太太交接的时候，恰逢疫情来临，结果双双滞留。刚好也快过春节了，大家都觉得是缘分。起初，俩老人都拿捏着分寸，客客气气地相处，渐渐摸熟了对方的脾气，变得亲昵而随意。丈夫悄悄打趣道："看这架势，到除夕她们就能拜把子了。"谁承想，腊月二十六的夜半时分，俩老太太穿着睡衣交火了——两人针尖对麦芒，我与丈夫看得惊心动魄。

事情因我而起。因为我妈情绪一来就数落我，也不分人前人后，婆婆听在耳里，微微蹙眉，她也曾委婉地提醒过老太太两次。我妈嘴上不说，面有不悦。我心有隐忧，生怕她们生了罅隙，叫我难做人。那天下午，丈夫买了两张戏票，说二老平时忙里忙外辛苦了，叫她们去剧院听戏，我们一家三口去儿童乐园玩。两岁半的女儿玩得特别尽兴，刘海都被汗湿透了。

晚上，我们这一大家子前后脚进门，她俩意犹未尽，一边讲着剧情，一边比比画画，你一句我一句地哼唱：姑娘，姑娘啊，请姑娘放心喝下这暖肚汤，这里是南京城外邹家庄……丈夫悄悄对我说："看来这个票是买对了。"婆婆与妈妈如此融洽，我也笑逐颜开。

临睡时，女儿跟我们唧唧呱呱地又说又笑，谁承想这小人儿半夜忽然发起烧来。喂药的时候她不乐意张嘴，一嗓子哀鸣，惊动了两个老太太，一前一后披着睡衣跑来看。我妈一见孩子烧得满脸通红，顿时抓心挠肝，忍不住抱怨我道："你白天带孩子出去玩那么久，她蹦跳得浑身是汗，风一吹，能不感冒吗？"婆婆不乐意了："孩子生病是常事，不能怪妈妈没带好，再说了，孩子爸爸也跟着呢。"

我妈顿时恼了："我自己的闺女，还不能说两句了？"婆婆也较真了，拢一拢睡袍前襟说："她也是我的儿媳妇，白天工作，晚上照顾孩子，已经很辛苦了，不能再受委屈。"我妈被这句话噎住了，半晌才狐疑地转向我："闹了半天，是你跟婆婆讲亲娘委屈你了？"婆婆理直气

131

壮地维护我:"孩子从没讲过你什么,话是我自己说的。"

我的心提到了嗓子眼儿,紧张得汗湿后背,丈夫不知劝谁好,挓挲着两只手,终于对婆婆开了口:"妈,您赶快睡觉去吧。"婆婆慢条斯理地卷卷睡衣袖子,对我妈说:"妹妹,我会看点手相,也能看流年,改天有空了给你瞧瞧。"我妈转怒为喜,马上伸出手去。结果,刚刚还针锋相对的两个老太太,立刻开始柔声细语,头越挨越近。我与丈夫面面相觑,笑也不是,叹也不是。

好一个能收能放的婆婆,她指点着我妈的掌心说:"我从没见过这么复杂的手纹,你好强,又能干,总想着工作家庭两不误,这半辈子奉养老人,栽培孩子,心里那根弦绷得太紧,大事小情都操心,肝气郁结,易躁易怒……"我妈被触动心事,若有所思。婆婆接着说:"但柔软是立身之本,孩子们都大了,也很懂事,咱们可以松一口气，修身养性才是惜福之道。"我妈连连点头，表示赞同。后来，两个人一起哄着孩子吃药，家里云开月朗。

第二天，我私下里问婆婆："您真的会算命吗？说的全对。"婆婆嗔道："傻孩子，我们那代人都是这么过来的。"我惊呆了，婆婆接着说："其实，谁也不相信那些个装神弄鬼的玩意儿，你妈是明白人，顺着台阶下来而已，她是爱你的。"我的眼泪汩汩地流出来，我们都爱着对方，这爱里有玫瑰，也有芳草，只是，每当有人赤脚走过时，会不小心踩到星星的碎片。

我忍不住告诉老人家：我不怪我妈，父亲过世时，我还在上中学，奶奶有老病根儿，需要人照顾。妈妈单枪匹马承担所有，从不以泪眼示人。我是她最亲密的人，懂得她所有情绪的来路与归程。

婆婆唏嘘良久，说："你是个好女儿，她是个好妈妈，大家都应该幸福。"我妈探头进来，笑嘻嘻问："喂，你们婆媳俩又在讲什么私房话呢？"婆婆俏皮地答："君子之道，或默或语，同心之言，如荷如兰。"我妈捂起耳朵："服了你了，走走，今天我也要学你做一朵白云，漂漂亮亮去看画展。"

婆婆说："我要跟你学做酸菜，你可不能留着绝招……"我妈拉长声音得意地说："那个呀，特别讲究配料……"两个人仿佛都回到了十二岁的夏天：蝉在树上叫，向日葵一片金黄，小女孩儿在树荫下亲亲热热地说着小秘密。不知为何，与婆婆在一起，大家总是情不自禁地变成小孩。

到了黄昏，两个人看完画展回来，婆婆去洗澡，我妈坐在沙发上叹气。我心提得老高，以为她俩又有点什么。妈妈伤感地说："真是人老脚先老，走这么点路脚就生疼。也服了你婆婆，像个骆驼一样，能一直走到世界尽头。"我一下子笑了："妈，您忘了吧，我婆婆穿着宽松舒适的懒人鞋，你穿着半高跟，能比吗？"我妈一寻思，也笑了："真的呢，赶明儿你也给我买双那样的丑鞋。"

婆婆出来了，擦着头发上的水珠，笑问："你说谁的鞋丑呢？"扬起毛巾，作势要打人；我妈迅速出手挠她的痒痒，两个老太太在沙发上叽叽咯咯笑成一团，连我那小小的女儿都看笑了。就这么边笑边闹，这俩人还喜滋滋定下了明天的计划：早晨一起做酸菜，下午看落日。

看着看着，我的鼻子酸了——从未见过妈妈如此放松，多希望她此后都是爱笑爱闹的小女孩儿啊！

# 秋浦河边卖包子的老人

### 牧 牧

离开牯牛降景区后，我前往不远处的矶滩。

矶滩是个乡，位于安徽省池州市石台县内。李白生前钟爱的秋浦河，由南向北流经其全境。当晚我住在矶滩的一家民宿里，第二天清晨起床后便沿着秋浦河散步。远处青山如黛，近处碧水似玉，闻到的是清新的草木味，听到的是啾啾的鸟鸣声。

青山绿水，心旷神怡，如同走进了一幅长轴的山水画卷之中。我不由感慨，难怪李白5次游历秋浦河，并为其写下了多首好诗呢。

"油条，麻花，萝卜丝包子，芝麻包子，馒

头——"走了约 1 小时，一个从小喇叭里传出来的叫卖声，忽然闯入耳朵。随后，我看见一辆电动三轮车驶了过来。车把式是位老人，他手腕上戴着块老式的手表，胸前还挂着个老式黑皮包，很有年代感。

我正好有点饿了，便叫住了他。

老人停下车子，动作麻利地给我拿包子。包子放在车后厢的蒸笼里，打开时还冒着热气。细看才发现下面还有个炉子，燃着的木炭在持续地给蒸笼供热。油条和麻花则放在一旁的木桶里。

老人告诉我，他 70 岁了，已经在这秋浦河边卖了 36 年的油条、麻花、包子和馒头。只要不是恶劣天气，他每天凌晨 4 点便起床跟老伴一起做包子、蒸馒头，炸油条、麻花。他说："现调现做的，才新鲜、好吃！"

包子、馒头蒸熟后，连同蒸笼一起放到电动车上。然后，他就骑着车出门去卖。

我说，您都 70 岁了还出来做买卖，是缺钱或者儿女不管你们吗？老人连连摆手："他们都孝顺得很，我有钱，不需要他们养哦。"

我又问，这样每天卖包子，会不会太辛苦啊？

"辛苦啥呀，以前我都是挑着担子下山，沿着坑坑洼洼的山路挨村叫卖的。那才叫辛苦呢。"老人开心地告诉我，"现在政策好，农村发展得好，村道也都修得好；我骑着电动三轮车一点也不累，喇叭一开，也不用口干舌燥地一路叫卖了，特别省力气！"

老人还说，以前他住山上，后来易地搬迁到了山下，生活和出行比以前不知好了多少倍。"自从有了直达石台的高速路，来旅游的人越来越多。好多人家靠着开民宿、饭店，收入都翻了好几番。"老人越说越高兴，称他车上那些货早上 8 点前就能全卖完，"每天能卖出去八九十根油条，四五斤麻花，3 蒸笼包子、馒头，毛利润 200 元左右呢。"

我尝了尝包子，味道的确不错。老人骄傲地说，他做出来的这些食物，都是多年的老口味，乡亲们吃习惯了，几天不吃就会想。"我用的原料都是自家田地上产的，健康、环保。"老人说，每天能有些事干，活得才充实。"你看这一路的风景多好，养人啊！只要还能干得动，我就会一直卖下去。"

"油条，麻花，萝卜丝包子，芝麻包子，馒头——"老人骑着他的电动三轮车继续往前走了，亲切的叫卖声在青山绿水间渐行渐远。

看着老人远去的背影，我又想起秋浦河边作诗的李白。都说他是落入人间的诗仙，可我突然觉得，眼前的这位实实在在、满怀感恩地在秋浦河边做了三十多年买卖的老人，才更像是我们现实生活中的真"仙"。他让我肃然起敬。

# 白雪的最后时光

老 木

前几天，母亲打电话来，说白雪最近身体状况很不好，不吃不喝，整天趴在地上不起来，估计时日不多了……

"白雪"是我家的一条狗。

大概是在15年前一个冬天的早晨，特别冷，连续下了几天的大雪，又刮起了呼呼的北风，真可谓滴水成冰。我的父亲出去扔垃圾，在垃圾桶旁边看到了一条奄奄一息的小狗。它浑身脏兮兮地趴在那里一动不动，身体已经和地上的冰冻在了一起，只有眼珠偶尔抬起，有气无力地望望身边的来人，就像一只废弃的足球。

父亲看它可怜，就把它抱回了家里，用热水给它洗了澡并在灶火旁烘干，又抱着它到兽医站打了针。就这样，它奇迹般地活了下来。

小狗浑身雪白，又是在雪地里捡来的，我们就给它起了个名字叫"白雪"。也许是应了名字的缘故，它长得很壮，性格却如雪花一样温顺，从来不急不躁，连走路都慢慢悠悠。人们常说养狗为看家护院，但我们这个坐落在小山坳里的村子，拢共几十户人家，可谓鸡犬之声相闻。因为来的人白雪基本认识，所以从不吠叫。即便有生人到家里，白雪刚叫几声，听到主人说"别叫"，它立刻明白了是自己人，乖乖地躲窝里去了。因此，村里不管大人还是小孩，都喜欢逗弄它。有的小孩没轻没重抓它的毛皮，它也不发脾气，反而眯着眼睛，一副很享受的样子；有时候实在被弄疼了，它就甩甩身子，默默走开。

发生在白雪身上唯一的恶性事件，是那次

东北的表哥来看我母亲。临走时表哥非要给我母亲200块钱，说多年才来一次，必须表表心意。可我母亲又怎能要孩子的钱呢？她硬是不接受。在一旁的白雪，看到身材魁梧的表哥和我那弱小的母亲你推我让，一边狂叫着一边飞一般向表哥扑过去。速度之快、力量之大，差一点把身强力壮的表哥扑倒在地。我母亲赶紧拦住了白雪，怒斥道，滚，这是自己人，你要干什么！

白雪看看母亲，又看看表哥，羞愧地夹着尾巴走开了。

白雪来到我家的时候，我还在读初中。它成了我的跟屁虫，只要看到我，必定像影子一样跟在身后——无论我去同学家串门，或者是找朋友做游戏。我在书桌前写作业，它就屁股着地，两条前腿撑着，一声不吭地瞪着两眼，守护神一样望着我。

后来我到县城去读高中，因为是寄宿制学

校，一个月才能回家一次。我每次到家，白雪就像久别重逢的老朋友，猛地扑过来，给我一个大大的拥抱。然后，身体在我两腿间钻来钻去，鼻子、嘴巴蹭着我没完没了地闻。

有一年冬天，我穿了一件白色的羽绒服，当白雪给我一阵亲热之后，衣服上便密密麻麻地留下了它的爪印，任凭我一再扑打，却如胶粘一般。我一气之下对它吼道，你干的好事！并狠狠地踢了它一脚。也许用力过猛，踢得它"嗷嗷"哀叫着躲到了一边，用惊恐的眼睛望着我。我的心一沉，赶紧跑到它身边，蹲下来抚摸它雪白的毛，无限内疚地向它道歉："对不起，我不该打你，我只是太心疼这袄了……"

它像听懂了我的话，用嘴在我手上轻轻地舔了舔，很温柔，很亲切，似是原谅了我。而让我不可思议的是，从那以后，它竟再也没往我身上扑过，见了我只是疯狂地摇着尾巴，在我腿上蹭蹭示好。

考上大学那年，父亲送我去学校。我们要先到镇上坐公共汽车到县城，然后再转车到省城。父亲帮我背着大包小包，刚出村口，就看到白雪一溜烟地向我们奔来。到了我们身边，它累得身体摇摇晃晃，而眼睛却一眨不眨地看着我，充满了留恋和不舍。

再次见到白雪这样的目光，是我工作之后。那天，我在所有亲友们的祝福声中，坐上了迎接新娘的车。汽车发动了，就在我回头跟亲友们挥手时，突然看到白雪竟一动不动地站在人群最前面。它眼睛里流露着清澈、深邃的光，就像送别自己的亲人……

一路走来，白雪早已成了我们家庭中的一员。听到母亲说起它的近况，我心沉重，于是抽了个时间，驱车赶回去。

白雪躺在母亲家里的地上，我用手抚摸了它一下，它立刻无力地睁开眼睛，看了看我。然后，努力地曲起前腿，颤颤巍巍地站起来，身子没动,只用头碰了碰我又躺下了。

我的心像注了铅一样沉重。我知道,白雪是真的要离我们而去了。

几天后的一个中午,我正在上班,母亲突然打来电话,说白雪不见了!我着急地问:什么时候不见的?去找了吗?

母亲说,一早起来就不见了白雪,它肯定是夜里出去的。我爸爸和几个亲友找遍了整个村子,都没见到它的影子。

我又着急又纳闷,它如此虚弱,跑出去干什么?又能到哪里去呢?我心急如焚,于是请了假,驱车赶往母亲家。就在路上,母亲又打来电话说,白雪找到了,它躺在村外一个荒草坑里,头朝着家的方向……

我心里五味杂陈,泪水夺眶而出。

今天浏览网页时,我不经意间看到一则消息——原来,狗能预感到自己的大限之日。它们为了不让主人伤心,会找一个无人的僻静之处，悄然离开这个世界。

　　我仿佛看到，那个漆黑的夜里，白雪趁着主人熟睡，拼尽全力挣扎着起来，摇摇晃晃地走到村外，找到那个僻静的土坑默默躺下；然后，遥望着它生活了15年的地方，安详地闭上了眼睛。

　　那一刻，我泪如雨下。

# 说家乡话不累

孙道荣

从安徽来杭州工作20多年，勉强学会了一点杭州话和萧山话。

杭州话是南宋官话，还比较好懂，与其只隔一条钱塘江的萧山，属于萧绍方言，就不好懂了，即使同一个萧山，也分东片沙地话，南片楼塔话，以及市区的城厢话。在我这个外乡人的耳朵听来，一样，不懂。刚来报社前几年，单位开会，很多人还喜欢说本地话，能听明白的，十之一二。一定误了不少事。

萧山话中，相对好懂一点的，或者说，稍接近普通话一点的，是城厢话，这就是萧山人

147

口中的普通话了，俗称萧普。本地人遇到我这个外乡人，一看说本地话我听不大明白，就会改为普通话，也就是萧普。刚刚说话还伶牙俐齿的一个人，一改萧普，忽然就变得有点结结巴巴，吞吞吐吐了。一个说惯了方言的人，改说普通话，而且是那种不标准的普通话，就像嘴巴里含了块小石头，舌条转不过弯，显得拗口而别扭。他说着难受，我听着也不顺耳，但好歹能大致听明白。

有一次，同在杭州工作的十几位老乡聚会，都是在杭州打拼了若干年的人，有的人已经能说一口流利的杭州话，更多的人，说的是普通话。一番寒暄，几杯酒下肚，不知道从谁开始，说的全是我们安徽老家的家乡话了，没有人号召，也没有人着意改口，就那么说着说着，聊着聊着，不知不觉，家乡话就自然而然地冒出来了，顺口，顺耳，顺心，无比亲切。我们也是有家乡的，我们家乡也是有自己方言的，老乡见老乡，不用两眼泪汪汪，说几句家乡话，解百愁，消百苦。

最关键的是，说家乡话，不累啊。

家乡是什么？你出生的地方，你长大的地方，是你的根，是你漂泊在外永远牵着你的那根线。

我的家乡和县，是长江之滨的一个小地方。离南京很近，与南京的方言，也有很多相似的地方，但你在南京的新街口，张嘴一说话，人家就听出来了，和县的吧？我一个堂弟，在南京的一个菜场做了十几年的小生意，为了招揽生意，他愣是学会了一口流利而标准的南京话，可一个老南京人，还是一声就辨出了他的乡音，你们和县菜老新鲜呐。从此他只说和县话，揽来了一波又一波的南京老顾客。

说家乡话不累，家乡的菜也好吃。因为临江，湿气重，我家乡的菜又咸又辣，在杭州生活多年，我已习惯了杭州菜的清淡和甜腻，我也深知，重口味的咸和辣，对健康是不利的，但是，只要有机会，我愿意多尝几口家乡菜，唯家乡菜，能吃出老家的味道，妈妈的味道，别的山珍海味里，没有。

家乡的人，也更容易亲近。游子在外，每遇到一个家乡人，都有亲戚般的感觉。在杭州街头，偶尔看到家乡牌照的汽车，在一堆浙A牌照中穿行，恨不能追上它，跟车里的人打个招呼，用家乡话唠嗑几句。有一年在拉萨旅游，竟看到一辆家乡牌照的小车，我在车边等了半个多小时，可惜没等来它的主人，不然，与他在圣城，聊几句家乡话，何其畅快也哉！

离乡越久，思乡越浓。在家里，我们一家三口，一直只说家乡话。有一次，给儿子打电话，自然说的还是家乡话，他身边的人，忽然听他说方言，叽里呱啦，笑着问他，你老家也是外地的啊？是的，安徽和县。我很欣慰，从小在杭州长大的儿子，没有忘记他父亲的根，那也是他自己的根。

# 许多夜里，我们灭灯聊天

袁恒雷

　　30 年前，有电话的人家很少。住在我家对面的邻居，那对王姓父子，就经常在晚饭后来我家里聊天。有时候聊着聊着，王大伯居然坐在我家沙发上睡着了，还打起呼噜。记得有一次，王大伯的儿子，我叫他虎军哥，到我家来要了一把韭菜——他们家除了大葱，几乎没有栽种任何蔬菜，回去后他们父子俩包了顿饺子。我父母说看见虎军哥左右手各拿着几个饺子边走边吃，嘴边直流油，觉得很心酸。虎军哥只比我大几岁，可因为很小就没有妈了，跟着他爸爸常常只有大葱蘸酱就饭吃。既当爹又当妈的王大伯，也不可能时时都有耐心，我曾看到过虎军哥因为挑水回来洒了些，就被他爸训斥得直掉眼泪。

我们做邻居不过两三年，他们就搬走了。因为我白天都在学校里上课，所以对他俩的记忆大多是夜晚的。那些年电金贵，我们村刚通电没多久，大家都不舍得用，于是家里主要用蜡烛照明。曾读过一首有关烛光的小诗《从前的灯光》："吹灭灯／黑暗就回了家／许多夜里／我们灭灯聊天／节约煤油／那天来客／深冬的黑夜／娘点亮两盏煤油灯／灯光亮出了白天／屋里堆满光的积雪／没有好吃的／娘用灯光／招待客人。"那首诗特别打动我，就是因为说出了清寒岁月里，一家人簇拥一起的温馨、温暖与温情。

许多个夜晚，我们一家人躺在被窝里，借着烛光，父亲给我和妹妹讲故事。母亲则在摇曳的烛光下给我和妹妹做新衣，或者缝补衣服。东北的冬季寒冷、漫长，母亲总是亲手为我们缝制棉衣棉裤。真正用棉花絮出的衣裤，触碰起来还有温热的手感。老实巴交的父亲居然会讲鬼故事，绘声绘色的讲述又实在太有画面感，吓得我和妹妹都不敢出去上厕所；而那些搞笑的故事，又常常会让我们笑岔了气。有一回，我正听得入迷，家的猫突然从我脸上"嗖"一下跳了过去，捎带着把我的眼角抓破了，血冒了出来。父母都吓坏了，后来仔细看清我被猫抓破的只是眼角而不是眼球，才放下心来。那件事后，我的父母将那只猫送了人。那间老屋里的烛光，不必覆盖每一个角落，父亲的讲述和母亲的庇佑，已将所有的雷、风、雨、雪，一一挡在了屋外。蜡烛上灯花"噼啪"作响的伴奏声，和着父亲缓慢的讲述，让我和妹妹一次次安然入睡。

关于老屋的记忆，自然少不了舌尖。那时冬天可吃的菜，品种非常少，不似现在天南海北的菜都能信手买来。一年里有半年之久都是冬天的东北地区，许多家庭都挖有地窖存储蔬菜。其实，能储存的蔬菜基本上也仅有3样：土豆、白菜、萝卜。除却偶尔去豆腐坊用豆子换几块豆腐，整个冬天里就吃那3样冬菜了。

当然，也可以把夏季的时令蔬菜晒晾成干菜，再腌些酸菜和咸菜，比如茄子、黄瓜、辣椒、豆角等等，都可以制作成干、咸菜，以丰富冬天的餐桌。到了冬天，干菜用水泡发，吃起来别有一番滋味，与鲜蔬口感大为不同。而咸菜，对于东北人来说，绝对是不可或缺的——每家每户都不止一个腌菜用的坛坛罐罐。有人说东北的饮食特点是口味重，应该也是腌菜所致。但，不得不说，那些腌菜是真下饭哪！

30年前，在我们那里，黄豆、大豆不仅能用来换豆腐，还可以换雪糕、冰棍等许多东西。农人手里没有多少钱，拥有更多的自然是粮食。所以，以物易物是当时人们喜闻乐见的商品流通方式之一。儿时的印象中，拿大豆、鸡蛋就能换来众多吃食，感觉特别爽。直到现在，我们打开冰柜，还会看到五彩斑斓的冷饮、零食、小吃的外包装上，赫然印着各种"老式""老味道"的标识，依旧打着怀旧牌，可见我们的味蕾记忆何其清晰、顽固！所以，拿着大豆去豆腐坊，或者在鸡窝的筐里掏鸡蛋的画面，仍会不由浮现眼前——那是千金难买的快乐时光。

　　如今，那些老屋的时光片羽已经深藏在记忆中了。望着面前咿呀学语的儿子——他拥有的物质早已丰盈不知比我那时多出多少倍了。但我相信，自己曾经的那些单纯的快乐，并不比他少。往事清晰如昨，我会和他分享。

# 乡音里的密码

詹文格

方言如一团飘荡的云雾，让远山近景变得一片朦胧。在南方一些省份，三里不同调，十里不同音，是相当普遍的现象。那一年，我初到广东，上班不到十天，领导安排我到村里参加一个座谈会，并且吩咐要做好会议记录。初来乍到，我得尽量把领导安排的工作做好，留下一个好点的印象。

记得那天我是第一个进入会场的人，为了便于倾听和记录，我特地找了一个比较理想的位置。打开笔记本、拿出跟随自己多年的钢笔，就像老农扶起了犁耙，也像战士紧握武器，就等领导就座会议开始。

　　会议准时开始，主持人一口粤语（白话），让我大吃一惊。我一头雾水，茫然四顾，只见讲话的人嘴巴在动，却不知所云，手里的笔紧紧地捏着，始终无法落下。接着是各村、各部门发言，个个都是一口地道的白话，更要命的是他们语速一个比一个快，流畅得几乎没有停顿，就像老练的厨师切菜，行云流水，一气呵成。

　　开了一个上午的会，我仿佛置身于幻境之中，听他们鼓掌、听他们言笑，而我却成了寺庙里的泥塑木雕，置身会场，而形如天外，没有一丁点感觉。那一刻，我感到会场离我竟然是那样遥远，远得把我抛到了九霄云外。语言的隔离将我排斥于会场之外，3个小时的会程，让我饱受了一场炼狱般的煎熬。身处异地，面对一种完全陌生的语言环境，算是真正感受到了什么叫乡音乡情，那是无法破译和化解的魔力，是一种难以逾越的情感屏障。

会开完了，人们从身边的水果篮里拿着香蕉或苹果，从容地步出会场。而我却浑浑噩噩，如坠水底，如入云雾，很久才返回到现实当中来。刚才的一切，就像一个梦境。我呆呆地坐在人去楼空的会议室里，低头看着手里的记录本，稀稀拉拉，就像一片歉收的庄稼地，找不到几粒饱满的稻谷和麦粒。我以音译的方式勉强记下了百十来个字，就像晦涩难懂的经文，互不连贯，深奥奇异，无法理解。回来的路上，领导见我目光游离，知道我没有把会议记录做好，于是要求我尽快学会白话。他说你不会讲，至少要先学会听。我感到这话颇有道理，生存在这个地域环境中，只有你去适应环境，而环境永远不会来适应你。可是，对于没有一点粤语基础、语言感悟力又忒差的我来说，想在短期内听懂这音调奇特的白话，似乎比登天还难。

　　方言是文化的活化石，我国的方言有着深厚文化积淀。千百年来，经历了多少王朝的更迭、历史的兴衰，但是居于穷乡僻壤，野草一样的乡音依然在顽强存活，蓬勃生长。

追溯历史，从河南舞阳贾湖遗址发掘的契刻符号，距今已有八千年左右历史，随着社会发展，符号逐渐演变成了内涵丰富的汉字，实现了文字统一。可是在更小范围内生存的乡音方言，却坚韧地延续至今，从没有一种什么力量能将它轻易地抑制和剿灭，乡音带着永久的生命奇迹和特立独行的傲骨，在血脉间蜿蜒流淌。

语言的产生肯定早于文字，它历久而弥新，散发着每一个宗族部落的原始气息，它带着先祖的牵挂，它带着亲人的呼唤，在耳边长久的回荡。有许多方言至今无法用文字来传递和表达，这种最原始的标本，流淌着生命的体温和热度。我国幅员辽阔，方言种类繁多，细分起来更异常复杂。我不知道英语和拉丁语系国家有没有让人听不懂的乡音，对于咱们来说，乡音就像植物一样丰盈，像庄稼一样茂盛。

在我赣西北老家，一个弹丸之地的小村子竟有两种口音，而且彼此之间相去甚远，天长日久，从不同化，你坚持说你的，我坚持说我的，相互间都能听懂，但决不效仿。像这样的现象，谁敢说乡音不是与血脉亲情相连？如果乡音真的脱离了血脉，还能有这么强大的生命力吗？有一位作家写道：在一场会议中，我们能轻易感觉到城乡的差异，用方言开会的是乡村，用普通话开会的是城市。但在白话（粤语）地区，这话不一定准确。

当方言造成交流困难的时候，我也曾埋怨过它的奇异和复杂，它阻碍了人与人之间的正常交流，它顽固地贴上了地域标签。但是作为母语，一个人的口音是很难改变的。比如平时在办公室，我们三个同事都在尽力讲着普通话，但仍能感觉出彼此明显的地方口音，阿芬讲的是广东普通话，小陈讲的是湖南普通话，我讲的是江西普通话。碰巧有时候老家亲朋好友来电，三个人一同开讲，那真叫莺歌燕舞、鸟语花香。相互都听不懂在说啥，但那随意自得、眉飞色舞的嬉笑怒骂，已算得上是一种情感的盛宴了，让我猛然感悟到，乡音就是一种情感的密码，它承载着的是一种古老的地域特色和文化基因，无论相隔千山万水，一句话便可将乡情瞬间点亮。

乡音是故乡的山水，乡音是母亲的呼唤，乡音是村头那一缕袅袅升腾的炊烟。一个人的口音，就像一个人的胎记，渗入了血肉之中，今生今世难以轻易抹去。乡音是与生命相连的脐带，从母腹中降生，入心入耳的第一个声音，就是哼着乡音的摇篮曲，乡音母语，让小宝宝安然入睡。乡音的亲切就在于它的熟稔和自由，它可以随意调侃，可以满堂生风，可以传达语言与文字背后的潜在情绪，可以感受到只可意会不可言传的内在神韵。它像陈年的老酒，散发着故土扑鼻的芳香，它温暖你的心灵，左右你的情感，融入你青年时期的幻想、壮年时期的豪放、老年时期的回味。

"少小离家老大回，乡音无改鬓毛衰。"乡音自古就是一种不易改变的记忆，它维系了亲人故土的嘱托；有了乡音，就多了一份温暖，茫茫人海，听到一声乡音，心里就会陡然生出一分亲切与信赖，心里就多了一份踏实与依靠。

对于远离故土的游子来说，乡音是抹不去的记忆，可是在城里长大的下一代，他们却屏蔽了乡音，认为方言老土，一点都不时尚，无法与城市生活接轨。天长日久，乡音在大隐隐于市的城市中，逐渐萎缩，无处交流。当一个人长期听不到乡音时，他的内心就会变得封闭和板结，甚至听觉也会迟钝。当某一天，身后突然传来一声乡音的呼喊，你会猛然一震，内心沸腾。常言道："老乡见老乡，两眼泪汪汪。"在轻柔的一声乡音中，问一声平安，道一声祝福，一种无限的牵挂将在胸间如水缠绕。

# "东北嗑"里的计量单位

### 赵越超

年初时，我回到了东北农村的故乡，和乡亲们一起过了个春节，真是心情舒畅。听到家乡人的对话，更感觉亲切，像是一下子回到了孩提时代。

"老张大哥，这一早干啥去？头年的玉米产量怎么样啊？"我问。对面走过来的张大哥答："收成不错，整老鼻子了。走亲戚去，离这不远辖儿。把一屁股眼饥荒还了，整个浪不再有欠债了……"。

恐怕也只有东北人才听得懂我和张大哥的这番对话了。"老鼻子了"是很多很多；"不远辖儿"是几百米~几公里的距离;"一屁股眼饥荒"是很多很多;"整个浪",意思就是所有的、全部的……这就是东北人口中的计量单位。

魔性吧?

要说东北话为啥这么"魔性",在我看来,他们无非是用最少的语言表达了最强烈的情绪。

东北远离中原,束缚少,在表达上更接近本能,更加自由、放得开。都说东北话传染力极强,一传"一窝子"。我们可以把之还原到冰天雪地的大东北热炕头的唠嗑现场。那样一个情境下,语言除了实用性之外,人们更是在追求一种唠嗑的单纯快乐。

我的家乡吉林省农安县,古称黄龙府,距今已有上千年的历史。农安话有着"东北嗑"中独特的口音和方言,说话时总会带有一种没法具体描述的韵味,人们将其用"土"字来形容。这种"老土"味道,就像是吃了多年的老坛酱,"酱味"十足;又好像喝了多年的老烧酒,带着一种"糟味"。想把农安口音的特点说清楚，还真不是件容易的事儿。但你只要来过农安，就一定会记忆深刻。

"东北嗑"里的豆腐，不光吃，还可以用来形容人的身高。如果说有"三块豆腐高"，便是一个人合格的身高；要是被说成"还没有三块豆腐高"，那么此人便被贴上了身材矮小的标签。

"东北嗑"里的"贼"，可用作形容词，代指很、相当、非常等等。比如春节逛市场，人山人海、熙熙攘攘，就可以说"那人贼多，你推我搡的"；遇到不开心的事，也可以说"贼闹心"……

在东北，很多人的身体部位也可用来做计量单位，因为太熟悉，所以并不需要知道怎么来的就顺嘴用上了。

比如动作。

那小子真瞎，我的饭盒子搁凳子上呢，他看也不看就坐了"一屁股"。

别跟我俩装啊，从这儿到那儿其实也就"一脚"的距离。

急赤白脸啥呀，这饼也就"一巴掌大"呗。

这雨下的，给我整"一身"。

他家的碗太小了，就"一拳头"大。

那小子太淘，今天被撅了"一蹄子"。

还有，表示一小段距离的计量单位。

一小块肉，叫作"一旮沓肉"；一截香肠，叫作"一骨碌香肠"；一袋鸡蛋，叫作"一滴溜鸡蛋"；一步距离，叫作"一胯子远儿"；全部一样，叫作"一水儿的"……

一方水土养一方人。尽管东北方言确实直白甚至粗糙，显得又"土"又"俗"，但我还是觉得那是最接地气、最有人情味的表达。

# 《品读家乡》简介

　　现代社会的快速流动使"在他乡"成为生存常态，人们习惯于离乡背井，奔赴一个又一个崭新又陌生的生存空间，情感世界中那些熟悉的地理与心理，顺理成章地被纳入"地球村"的范畴。故乡故土有序世界的不断突围，不仅意味着具体的实践空间的拓展，更意味着情感价值的深化与积淀。乡愁、乡情、乡音、乡味等等对乡土的深沉眷恋，使走出乡土的个体在社会互动、身份认同、价值取向等发生裂变的同时，也展现出寻根的坚韧性，因而不仅具有人文审美的价值，更具有哲学、伦理学、社会学、生态学等多方面的理论价值。《品读家乡》正是从游子怀乡的视角，对"乡土"所作出的种种观照，从中析解出现代人怀乡的心路历程。

　　《品读家乡》由半月谈杂志社、新华出版社联合出版。

　　《品读家乡》编辑部诚向全国征集稿件，欢迎广大作者加盟，踊跃投稿，作品一经采用，即付稿酬。

**联系方式：**

微信：PDJX15901047763

邮箱：pindujiaxiang@qq.com

热线：15901047763